U0737691

宁夏景象

肖彭 著

中国言实出版社

图书在版编目（CIP）数据

宁夏景象 / 肖彭著 . -- 北京：中国言实出版社，
2016.5

ISBN 978-7-5171-1884-8

Ⅰ.①宁… Ⅱ.②肖… Ⅲ.③游记 - 作品集 - 中国 - 当代
Ⅳ.① I267.4

中国版本图书馆 CIP 数据核字（2016）第 100207 号

出　版　人：王昕朋
责任编辑：史会美
封面设计：淡晓库

出版发行	中国言实出版社

地　　址：北京市朝阳区北苑路 180 号加利大厦 5 号楼 105 室
邮　编：100101
编辑部：北京市海淀区北太平庄路甲 1 号
邮　编：100088
电　话：64924853（总编室） 64924716（发行部）
网　址：www.zgyscbs.cn
E-mail：zgyscbs@263.net

经　　销	新华书店
印　　刷	廊坊市海涛印刷有限公司
版　　次	2017 年 1 月第 1 版　　2017 年 1 月第 1 次印刷
规　　格	787 毫米 ×1092 毫米　1/32　9 印张
字　　数	130 千字
定　　价	48.00 元　ISBN 978-7-5171-1884-8

C目 录
ONTENTS

银川的胸怀

　　我与银川初识在一个春末夏初的夜晚。

　　当乘务员用清亮的声音报出飞机已抵银川上空时，我隔着舷窗向地面望去，一幅从未见过的沧桑但又浪漫的夜景深深地吸引了我。一条条灯火通明的大道呈不同形状交汇成流光溢彩的河流，波澜壮阔；曲曲折折的黄河，在淡白色的月光和星光的辉映下，犹如一条腾空而起的巨龙，雄姿勃勃；绵延起伏的贺兰山仿佛在夜色中奔驰的骏马，大气磅礴；宽阔的银川平原，经千万年风沙雨雪和刀耕火种的雕刻，像一尊鬼斧神工般的塑像，线条分明，棱角清晰，一派粗犷、豪放的景象，极具艺术感染力……

　　我们在宾馆安顿好之后，相约来到大街上。街边的商店大多数还在营业，从玻璃窗望去，各种各样的商品琳琅满目，五彩纷呈。服装店橱窗里衣着鲜艳、活灵活现的时装模特，更显得亮丽而又时尚。当我看到街头一座座电话亭前，不同年龄的人打着电话时的各式各样的表情时；当我看到一个个骑着摩托车的男孩载着女孩从大街上飞驰而过，女孩飘摇的长发上流着灯光的斑斓色彩时；当我看到一对对银发的老伴悠闲自在地散步，不时在商店的橱窗前驻足观看，脸上露出些许笑容时；当我看到一只只雪白的帽子在人流中，如同流动的白云，给城市的夜色增添了几分景观时……这座城市昔日给我的人烟稀少、贫穷落后的印象，顿时像一阵风一样消散了。

一个城市的小吃，从某种程度上说，能够体现这个城市市民的生存状态和生活态度。夜晚的银川最热闹的是各种地方风味的餐馆，每一处都是人声鼎沸。在一个十字路口，我看到几个一个手推车就是一家风味店的小摊贩们，正在起劲儿地用浓重的西北腔叫卖着，有的是卖羊杂汤的，有的是卖凉皮的，还有的在卖一些我们听不懂的什么东西，大概是这里的特色食品吧。几个刚放晚学、中学生模样的女孩，在一个小车摊前一边吃着，一边谈论着，兴致勃勃，脸上漾着轻松、活泼的笑意，仿佛那些富有特色的民间小吃具有一种魔力，让她们忘记了学习的沉重压力。这一切都让置身其中的人感到它的热情和激情。

◆ 夜色中的凤凰碑

不知不觉间，我们已走到了银川有名的"小天安门"前。"小天安门"前的广场上有许多纳凉休闲的人们，他们中间既有闲坐弄孙的老人，也有踢毽子、玩皮球的年轻人，还有互相追逐嬉戏的小孩子、一对对亲密相依的情侣。广场边上的小贩们热火朝天地吆喝着生意。一辆辆的汽车从广场两边的马路上飞驰而过，红红黄黄的车灯闪烁不停，为热闹的广场装点上了一圈亮晶晶的美丽花边。这座塞上城市，在这样一个普通的夜晚里，车灯、街灯、霓虹灯，笛声、笑声、叫卖声，构成一幅活力四射的景象。

忽然，我看见一个特殊的景观：在广场一角的路灯下，围着大约一二十个农民工模样的人。原来，有两个人在下象棋，其他都是围观者。

观棋的人们不时发出争执的声音。旁边，一个青年席地而坐，旁若无人地吹着笛子。他也许是个初学者，吹的调子、韵律都不太好。但他的那份执着、那份平静、那份淡然却让人感动。我从他的笛声里听到了对故乡的思念，对亲人的祝福，对童年的回忆，对爱情以及未来的向往……这种影像我好像在都市第一次看到。因为，在很多城市里被视为有碍观瞻而禁止。由此可见银川宽广的胸怀和包容的美德。外来务工者们劳累了一天，在城市的一隅给他们一点娱乐的空间、想象的空间、思乡的空间，对一个城市的和谐有利而无害。我认为，包容是一个现代大都市、一个和谐的城市的标志之一，同时也是城市的美德。

　　一个城市的夜晚，往往能够展示出它的内涵和本质。银川的明天必将更美好！这，就是我对银川的第一印象。

◆ 银川夜景

塞上的黎明

在银川的第一个早晨，我是被鸟儿的歌声唤醒的。

"在清晨的鸟鸣声中醒来"，是这些年只有在诗情画意中，或者说只有在梦中出现的情景…… 对于在大都市生活的人们来说，的的确确多年未曾遇见过。

这些年，很多城市像热火朝天的大工地：汽车嘈杂、人声沸腾。通常，天一蒙蒙亮，耳边就会传来混凝土搅拌机的轰鸣，或者是飞驰而过的汽车震得窗棂子嗡嗡直响的声音…… 没有了"清晨"应有的清静。我的一位好友曾感叹说，长此以往，真会忘记了清晨是什么样子。在有的城市，就连最能够表现清晨特点的太阳初升霞光万道，都被灰蒙蒙替代了。在塞外的银川，在这个初夏的黎明时分，一碧如洗的天空，鸟儿欢愉的歌声、清丽柔和的晨风，仿佛是这座城市早已准备好了的一份清新活泼的礼物，送到我的面前，让我与这座城市的感情一下子贴近了。人与城市的感情，在某种意义上说同人与人的感情相似。也许你在一个城市工作、生活多年，也没有对它产生深厚感情，而在另一个城市偶尔一过就留下浓浓的、挥之不去的情感。

拉开窗帘，豁然映入眼帘的是一片晴朗的天空。干干净净的淡蓝色中，还带着些许薄薄的奶色晨雾，仿佛一片辽阔而又深邃的海洋。这时，我的耳边鸟叫的声音也更加清脆，更加热闹。各种叫声的种类也增加了不少：有些尖而短促，有些长而婉转，有些低沉而缓慢，还有些简单而韵律规则……它们把银川的清晨变得越发地生机勃勃，充满活力。

我情不自禁地走出宾馆。来到大街上，视野一下子开阔了，仿佛眼睛被什么东西擦洗过了一样，看得更远、更清晰。远处青翠的贺兰山，犹如在画中屹立。深深地吸一口略带凉意的银川清晨的空气，一开始感到有点凉，好像是从大地深处散发出来后，又被阳光加温或者是热过的凉意，又像贺兰山外大漠戈壁飘来的苍凉；接着感觉到有丝丝的甜，那是因为这里没有污染，土地、空气、阳光、天空……都是纯粹的、原生态的，如同经过了过滤或清洗。

俗话说："一日之计在于晨。"看一座城市有没有发展前途，也可以从它的早晨找到答案。我转了几条街道，发现整个银川很成熟，其表现是在活力中透着从容、在进取中带着安详，既不像有的城市那样浮躁甚至于急躁，也不像有些城市那样盲目追求或随波逐流。那些上早学的孩子们精神抖擞，脚步轻快，身上背着的压力仿佛没有其他城市孩子背的那样沉重；那些上班去的人们衣着齐整，步伐稳健，好像胸有成竹，不像一些都市里的上班族那样一脸焦急不安；大街上来往的车辆，秩序井然，不像有的城市街上那样十分拥挤，满街流动着急躁；还有那些早起遛弯的老年人，神态安详地看着街边的风景。在一片小广场上，一群老人正在扭秧歌、跳扇子舞。仔细观察

◆ 银川街头晨练的人们

你会发现，他们的舞步竟然也带着黄土高原人特有的强健劲头。不知是哪几位老人带来的几个小男孩和小女孩，一边嬉笑，一边跟着大人们的舞步迈着双脚。只有一个小女孩旁若无人地在一旁玩着手中的红绸扇子。她可能发现我在观察她，冲我甜滋滋地笑了一笑。一缕新鲜的阳光，给她的笑容染上了绚丽的色彩，让她的笑容更加生动、可爱。她那一笑，让我感到整个银川又亮了许多。

其实，一个城市早晨的表情，在某种程度上说是这座城市精神的体现。

此后，在宁夏的一段日子里，我每天黎明即起，在街上走一走，总会收获一点感想……

人居城市

历史文化名城、最佳旅游城市、最佳生态城市……这些年，名目繁多、层出不穷的各类评比让人目不暇接。那些策划大师们的确才华横溢，能高屋建瓴地设计出这样或那样的选题，而且又恰到好处地设计出种种条件，引发各地你追我赶地去争夺这种优秀，那种先进的闪光桂冠。我本人就曾经参与指挥过"创建"城市某种先进的活动，对此感受颇深，感慨万端……最近几年，随着房地产开发的升温，"人居城市"这个口号又频频地出现在我们的生活之中。不过，这些评比大多由一些当地媒体主办，尽管也聘请了一些建筑学等方面的专家，但总有"谁拿赞助多谁能当选"之嫌。有的开发商广告上说其楼盘"亲水"，去看了才发现所谓的水不过就是一条排水沟，而且早已干涸，甚至散发着腐臭味。

同所有关于城市荣誉评比一样，人居城市的评比也有一些硬杠杠，如各种各样的统计数字，至于统计数字来源是否可靠、是否公正，则无法考证。这些年里发生的数字问题举不胜举。昨天，某企业家还是当地明星，拥有的财富数字让人惊羡，一夜之间突然就变成了"诈骗犯"，拥有的财富数字也变了戏法似的烟消云散。也许经历的多了，所以人们对诸如人居城市之类的评比不太关心，甚至麻木不仁。我曾和朋友探讨过这样的问题：如果我们的一些荣誉评比与人们的感情越来越远，或者说不被大多数百姓所赞同，仅仅成为某些少数人的"政绩"，它的价值究竟还有多大呢？但是，看了银川这座塞外城市之后，我确实对"人居城市"有了新的认识。

说银川是一座人居城市，是因为它有着与所有历史文化名城一样深厚的文化底蕴。全国99座历史文化名城，银川是其中之一，已具有1300多年的历史。它曾经是古西夏国的都城。目前，银川境内还存有古城池、宫苑、清真寺、佛塔、古长城、海宝塔寺、西夏王陵等60多处名胜古迹，是西北地区名胜古迹比较丰富的城市。它的历史古迹不像一些城市的古迹大量地经过人为复制、修饰或者说粉饰，而是原汁原味，真实感很强。更重要的是，银川的历史文化不仅仅站立在大街小巷里，而是飘荡在城市的气息中，就像从一个人骨子里散发出来的

◆ 海宝塔寺

气息一样。历史文化即使不能说是一座人居城市的必备条件，
也应当是一个重要条件。只有在这座城市生活的人们对你始
终怀有一种敬仰之情，骄傲之气，你才能更好地凝聚人心。
一座城市的历史文化，从某种程度上说，是一座城市精神力
量的源泉。

　　说银川是一座人居城市，是因为它有着与一些人居城市一
样的生态环境。它虽然地处大西北，坐落在浩瀚无垠的腾格
里沙漠的旁边，但天空却一碧如洗。沙漠中一座座低矮破旧
的土房组成的小村落，在狭窄的村街边跳波斯肚皮舞的女子，
以及风尘仆仆的骆驼队在马路上大摇大摆地走过……都是西
部影视城虚拟的古代世界，而不是今天真正的银川。今日银

川，素有"塞上湖城"的美誉，辖区内有高山、大漠、黄河、草原等多种自然景观，湖泊湿地星罗棋布，造就了山水合一、如诗如画的旖旎风光，1000多年前唐代诗人韦蟾"贺兰山下果园成，塞上江南旧有名"的映像，在今日银川更得以体现。

说银川是一座人居城市，是因为它有着与一些城市一样的广阔的发展前景。银川平原地处黄河沿岸，地势开阔，光、热、水、土等自然环境在西部地区得天独厚，是一片美丽富饶的土地。近年来，随着大银川建设和对外开放步伐的不断加快，它正以其独特的地理、资源、文化优势，吸引着四面八方的投资商。在西部大开发战略中，宁夏人审时度势地实施了"中心城市带动战略"，提出建设"大银川"的发展思路，把银川市定位于现代化区域中心城市的发展目标，突出"塞上江南"、"回族之乡"、"西夏古都"三大特色。

说银川是一座人居城市，是因为它的管理理念。银川这些年坚持的生态立市、特色建市、工业强市、人才兴市、依法治市，注重湖泊湿地保护，营造以人为本、人与自然和谐共生的城市环境等城市管理理念，在一点一滴中都能够体现出来。银川是一座典型的多元文化城市，全市几十个民族的同胞相互尊重，和谐相处，既充盈着浓厚的历史文化气息，又充满着繁荣高效的现代化活力，人与人、人与自然、人与社会和谐相处。对于这一点，我们在参观一座农民安置小区时感受颇深。这座农民社区，不仅保留了一些传统的农村生活方式、生活习惯，而且注入了现代化的元素如环境、文化，等等，让广大农民感受到能够公平地与市民竞争市场，与市民公正地享受同样的生活条件。这抑或可以说是一种公正，一股正气。这股正气，正以前所未有的力量，促进着这座城市成长壮大。

城市和人一样。人没有正气，很难成大事。城市没有正气，就很难建设和谐社会。其实，正气何尝不是一种大爱呢？而充满大爱的城市，才真正是和谐城市，人居城市。

◆ 全市几十个民族的同胞相互尊重和谐相处

银川承天寺塔

在银川市区的西南部天空，有一座耸立入云的古塔，吸引着白云缠绕，霞光流连。它仿佛擎天一柱，不仅给银川的天空平添了几分古色，而且成为银川历史文化的一个见证。这就是承天寺塔，银川人称"西塔"。

承天寺塔和承天寺一样历史悠久。据明代《嘉靖宁夏新志》中《夏国皇太后新建承天寺座佛顶骨舍利碑》记载：西夏国皇太后为保儿子谅祚"圣寿以无疆"、"宗祧而延永"，"大崇精舍，中立浮图"，于西夏毅宗天祐垂圣元年，即公元 1050 年，开工建造承天寺以及承天寺塔。在建寺过程中，西夏国曾经"役兵数万"，历时五六年。承天寺和承天寺塔建成后，人们将西域僧人进献的佛骨，以金棺银椁贮埋于塔基下。西夏福圣承道三年，即公元 1055 年，又将宋朝所赐的《大藏经》置于寺内。塔寺建成后，西夏还延请回鹘高僧登座讲经，皇太后与皇帝经常即席聆听。因此寺内香火持续旺盛，僧人络绎不绝，成为西夏著名的佛教圣地之一。

承天寺在元、明时期，曾经遭受兵火和地震的侵害，到了明朝初时仅"一塔独存"。后来，朱元璋第十六个儿子明庆靖王朱栴，重修了寺院，增建了殿宇，承天寺再一次以"梵刹钟声"名噪塞上，成为明代宁夏八景之一。清代乾隆年间宁夏发生大地震，承天寺和承天寺塔全部被震毁。到了嘉庆二十五年，即 1820 年，重修了承天寺塔。

近看承天寺塔，不能不让人赞叹。这座建筑不仅造型富有特色，而且反映了那个时代西夏国政治、经济、社会的概貌。这座造型挺拔的古塔，呈角锥形，是一座八角十一层的楼阁式砖塔。就其风格，与中原一些古塔十分相似，由此可见西夏国与中原文化交流密切。塔高 64.5 米，为宁夏现存的 100 多座古塔中最高的一座砖塔，比著名的西安的大雁塔还要高出 0.5 米。它建在高 2.6 米、边长 26 米的方形台基上，塔门面朝东。在最低一层，通过一条 4.8 米的巷道，才能进入塔里。塔的里面与外边不同，是正方形的，是否反映了西夏国君外圆内方的理念？一般来说，很多古塔是砖泥结构，而这座塔的外面是砖结构，里面却是木结构，其建筑理念也颇为独到。在塔身各层的檐角石榴状的铁柄上，分别挂着铁铃铛，每当微风吹过，铁铃铛就会随风叮当作响，给人佛门净地庄严肃穆和神秘之感。塔身各层收分较大，每层之间的塔檐上下各挑出三层棱牙砖，而在塔身的十一层以上则挑出五层棱角牙砖，在此基础上建有八面攒尖顶的刹座，在塔的最上方立有桃形绿色琉璃塔刹，倍添威严和威武。

登上承天寺塔的最高层向远处眺望，银川古城的景色尽收眼底。近处街上往来忙碌的人群，川流不息的汽车，还有成片的现代化建筑，无一不展现出银川这座古城的生机与活力。而远处的贺兰山，好似一道黛青色的屏风，护卫着这片塞上的丰饶。微风吹来，阵阵铁铃铛声中，只见蔚蓝的天空上白云朵朵，仿佛伸手可触，真让人顿觉神清气爽，所有烦恼瞬间便烟消云散。

坐落在承天寺旧址、西塔脚下的是建成于1973年的宁夏回族自治区博物馆，分为"宁夏历史文物陈列"、"西夏历史文物陈列"、"宁夏回族民俗陈列"和"贺兰山岩画展览"等几个展厅，有藏品近10000余件，分为出土历史文物、革命历史文物、回族民俗文物、传世文物等八个类别，年代比较早的文物有水洞沟原始牛头化石、鸵鸟蛋化石等远古时期的化石。据讲解员介绍，变成化石的那头牛

◆ 原始牛头化石

◆ 水洞沟

几乎和一头小象一样粗壮，实在让参观者叹为观止。从这里展出的、各个时期边疆各民族的青铜器、玉器、陶瓷器、铁器、金银器、木竹器、碑刻、砖雕、货币等珍贵历史文物，可以了解到自古以来宁夏地区就是一个多民族集居的地方，是中原与边疆各民族文化交融汇合的地区，也证明了丰富多彩的华夏文化是各个民族共同创造的结晶。这里还有许多其他精美的文物如石马、石狗、雕龙石柱、石龙头、唐卡、元明之际的鎏金铜佛像等，每一件的背后都有一个故事，一段光辉灿烂的岁月。

有一位同行问宁夏的朋友，为什么不重建承天寺？宁夏的朋友笑了笑，淡然地回答说："重建不就是一片房子吗？"我对宁夏人的这种态度非常赞成。我们常说"历史文化遗产"、"非物质遗产"，都因其带一个"产"字，才对人类的延续、发展、进步有作用，否则，只能是历史的遗址或者说遗迹。既然有史书、有博物馆、有文物见证了历史，何必再去复制一个历史的建筑呢？

君不见很多仿古建筑尽管十分逼真，但总是缺少了历史沧桑感、厚重感，以及那个历史时代的神韵和情操。宁夏对承天寺的态度也应成为我们对待历史遗产的一种态度。

走进西夏王陵

走进西夏王陵，仿佛走进一段苍凉而厚重的历史隧道之中，即使对那一段历史不是十分熟悉的人，心灵也会受到一次洗礼。

西夏王陵又称西夏陵、西夏帝陵，是西夏王朝的皇家陵园，西夏历代帝王陵墓所在地。它坐落于银川市西郊 35 公里处。一进入陵区，就会产生一种天高地阔感。这座陵区背依挺立亿万年之久、刚健、雄伟的贺兰山，脚下是一马平川、空旷而开阔的银川大平原，南北长 10 公里，东西宽 4 公里，方圆 50 平方公里。陵区内有 9 座帝王陵。同位于河北的清东陵一样，布局考究，排列有序。据说，它是中国现存规模最大、地面遗迹保存最为完整的帝王陵园之一。因而，它也理所当然地跻身于国家重点文物保护单位、国家级风景名胜区的行列之中。

　　多年来，我一直坚定不移地相信，人们在读史时，由于思想观点不同，或者说投入的感情各异，往往从史中汲取各自所需。而人们在参观一个历史景点时，由于观察的视角、理解的角度不同，得到的结论也自然不同。但是，在参观西夏王陵时，我们一行人对它的建筑风格、建筑艺术却有着一致的看法。它的建筑不仅吸收了秦汉以来，特别是唐宋王陵之所长，同时又受到佛教建筑的影响，把汉族文化、佛教文化与党项民族文化兼容并包，构成了我国陵园建筑中别具一格的形式。它的每座帝陵占地都超过 10 万平方米，是一个完整的建筑群体，陵园四角筑有角台，高大的阙台雄踞神道两侧。园内有鹊台、碑亭、神墙、角楼、月城、内城、陵台石像等，四周筑有夯土城墙。城内分前、中、后三个部分，中部和后部的正中，各有一座规模宏大的殿堂，其他建筑多集中在城的前部和中部。漫步城中，广场、道路、院落、水井和房屋等遗迹清晰可见。尤其是中原地区来的参观者，对西夏王陵的确有一种似曾相识的亲切感。同时，也让人感到整个陵园"大气"。"大"，即广大、宽大、宏大、浩大，"气"，即霸气、傲气、意气、生气。由此可见，没有兼容并包，就不可能产生"大气"。几百年过去了，还能给人留下如此的感受和印象，原因正是如此。

　　从西夏王陵的选址，即其所在的位置，明显可以看出那个年代西夏王国对外开放的姿态。据说，它的设计借鉴了坐落于河南的宋代陵园，力主多元文化兼容又突出自己的风格，因而更能显示塞上皇家陵园的气派、气势和气魄。同时，注重天时地利。它背依的贺兰山依天而矗，绝壁千仞，百谷竞秀，松林如海。它坦然地面向银川平原，黄河奔腾，阡陌纵横，沟渠如网，稻谷飘香……这些，如果参观过坐落在陵区东侧的西夏博物馆，可能会更易理解。这个现代建筑占地面积5300平方米，选用了西夏佛塔密檐式建筑造型，风格别致，既有现代建筑之气势，又与陵区遗址相呼应，形成了浓郁的民族建筑风格。我和很多朋友对复制的古代建筑，或者说建在古迹之上的现代建筑并不感兴趣，但是为了增进对西夏王陵的认识，我还是十分认真地看了一遍馆内具有代表性的西夏文物如雕龙石柱、石马、琉璃鸱吻、西夏碑文、石雕人像座、佛经、佛画、铁甲衣、西夏瓷器、官印，以及临摹的8幅西夏壁画。在感叹西夏石窟艺术和西夏王国往日的辉煌和灿烂的同时，我也产生了些许感慨：西夏王陵没有留下多少文字的碑刻，只有一些我们至今没有读懂的文字。因而，我们无法从根本上弄清这个从马背上站起来的王国如何跌落的真实原由。不少同代人感叹，小时候从历史课本上读到的历史，等到长大后或许就不一样了，甚至会出现截然不同的记载。这就是说很多东西都是后人尤其是现代人加上去的。有的人在

◆ 有东方"金字塔"之称的西夏王陵

生前拼命想方设法为自己树碑立传，千方百计扩大自己在某一历史时期的作用。其实又有什么意义呢？

走出西夏王陵，我一直思考着它给予了我一个什么样的结论。直到要上车时，回头望了一眼，忽然得到了启发，只见在一片空旷、一片寂静、一片沧桑之中，那一座座王陵显得是那么渺小，甚至微不足道。然而仔细想一想，一个王朝在浩瀚的历史之中，在一个伟大的民族之中，何尝不也是渺小的。认识自己的渺小，而且一切任后人评说，这岂不是一种历史的眼光？

带着从西夏王陵落下的一层厚重的历史尘埃和一串串问号，我们向新的目的地进发。

贺兰山下的校园

在宁夏回族自治区首府银川市的西夏区，有一片浓厚的绿荫，在沧桑的贺兰山衬映下，显得生机蓬勃。这就是北方民族大学。

一踏进校园，我就感受到了别样的风景。迎面矗立着一幢高大挺拔的大楼。这幢装饰有玻璃幕墙的大楼约十几层高，最高的几层逐层收敛呈塔状，顶部还有一个铁塔似的尖顶。大楼正面有一座二层楼高的门厅，宽敞豁亮，恰到好处地配合了门前小广场的布局：既突出了主楼的高大雄伟，也不会使人产生局促感，把大学校园中严肃而又活泼的气氛，烘托得恰到好处。

北方民族大学，其前身是西北第二民族学院，也被人简称为二民院。始建于 1984 年，1994 年正式挂牌，是为了加快培养西北民族地区人才而建的。短短 20 多年时间，已发展成为一所集文、理、工、经、管、艺术等多学科的综合性民族高校。据陪同我们参观的校领导介绍，建院以来，学校面向陕西、青海、新疆、西藏、宁夏、山东、河南、河北、湖南、广东、内蒙古、重庆等 29 个省、自治区、直辖市招收了 32 个民族的学生，民族学生占在校学生总数的 80% 以上。这些学生来自不同地区的 56 个民族。在同一所校园里，汇聚着不同文化背景，不同成长环境，不同思维方式，甚至于不同生活习俗的几千名学生，怎样才能管理好？我毫不隐瞒地提出了自己的疑问。

陪同我们参观的校领导平淡地说出了"兼容"二字。听后，我的心怦然一动。再回首看校门里那座建筑，既有古老的伊斯兰建筑秀逸的风格，又具现代城市建筑伟岸的气派，不正是一种兼容并包的艺术造型吗？

事实上，"兼容"对于一个大学来说是相当重要的。我在德国考察时，曾参观过柏林的洪堡大学。这是一所产生过 29 位诺贝尔奖奖金获得者的大学，被人们誉为"现代大学之母"。之所以创造出这样卓越的成就，就因为它的创始人洪堡主张兼容并包，允许不同思想观点、不同学术流派甚至于针锋相对的思想自由存在与发展，如世界共产主义学说的创始人马克思与资产阶级新自由派的人物就同在这所学校里共事过。曾任北京大学校长的蔡元培先生，在洪堡大学做过学习和研究，办学理念也深受洪堡的影响。1917年，他受聘出任北京大学校长，极力主张并推行的办学方针是"兼并包容"、"思想自由"。正是在这个办学方针指导下，他一方面聘请了陈独秀、胡适、李大钊、钱玄同、刘半农、周作人、沈尹默等一批新文化运动的学者，一方面又聘请了一些学术上有造诣但政治上保守的辜鸿铭、刘师培、黄侃等学者。他认为大学就是"囊括大典、网罗众家"，"此大学之所以为大也"。在他任上的北大，各种思想、各种声音并存，是一个多元、开放、兼容、宽宏、民主的大学。在北方民族大学，我又一次见证了大学的"大"字的深刻内涵。

北方民族大学无论是学科设置，还是专业设置，都注重"兼容"。从专业设置上就能看出，既突出时代特点，又兼顾传统学科；既考虑学生的知识需求，又兼顾毕业后的工作实践需要。尤其是结合了民族地区经济社会发展以及国家实施西部大开发的需要，调整和安排相应的学科，这更显示它的包容。在这所大学里，师资力量雄厚，科研能力较强，除办好金融研究所、电子技术研究所、生态研究所等，同时还加强社会人类学与民族学研究所、社会文化研究所、西北伊斯兰民族文学研究所等科研所的建设。我对他们的社会人类学与民族学研究所、西北伊斯兰民族文学研究所等研究机构很感兴趣，看了成果展览，的确触动很大。

走在这所大学宽阔的校园里，即使不是教育专家，也能从中感受到这所新型的民族学院的发展与崛起。因为，一所大学也像一个人一样，其精神面貌、内在气质形诸内而发诸外。你可以从那些脚步轻快、精神抖擞，或是走向教室，或是奔向图书馆的大学生们那儿看到，充实而愉快的生活写在他们一张张年轻的面孔上。在安静的教室里，老师正在激情飞扬地传授着知识，学生们有的低头看书，有的托笔沉思，正沉醉在宽广的知识海洋之中；在静寂的实验室里，有的正在忙于数据分析，有的正在电脑前面操作程序；而在学校一个小广场上，学生们正就一个热门理论话题自由发言，讨论热烈；校园里的操场上、林荫下的长凳上、学生组织的活动室里……都能够见到那一个个追求自己梦想的身影。

国家实施西部大开发以来，学校针对社会主义市场经济发展和民族地区人才结构的需要，按照稳定规模、优化结构、淡化专业、加强素质教育和实践能力培养的思路，坚持以人为本，深化教学改革，大力推进专业结构、课程体系、教学内容和教学方法的改革，更新人才培养模式，注重学生综合素质特别是实践能力、创新精神和实际工作能力的培养，组建不同学科、不同层次的学术群体，积极开展科学研究，不断提高整体科研和学术水平，先后承担和参与多项国家863计划项目、国家社会科学规划项目、自然科学基金项目和软科学项目，部分研究项目已达到国内先进水平，引起国内同行专家的关注。他们在民族地区的经济和社会发展中，在巩固民族团结，开发、建设边疆中，发挥了重要作用。

这所大学的校园里，到处绿树成荫、繁花似锦，大片的草坪和各色的树木随处可见。仔细观察一下这里的绿化布局，倒有些欧洲园林的味道：呈圆形的巨大花坛，还有它的四周呈辐射状的道路网，中规中矩地对称分布，灌木篱笆被修剪得整整齐齐，各种树木行列工整地排列路旁。从高处俯视，这绿色校园像是一幅充满朝气的绿色浮雕。

沙湖寻梦

　　中国人起地名，总是十分考究，有的是结合当地的地理环境，有的是依据当地的人文历史，有的是为了纪念某个历史人物。因而，一听到沙湖这个名字，我马上就联想到它是沙中的一片湖。如果在西方，就不一定这样联想，像美国的拉斯维加斯，很难让人把它与沙漠联系在一起。

　　事实上，沙湖的的确确是沙漠中的一个湖。一进入沙湖，首先映入眼帘的是湖边那座金黄色的沙山。我心中不由生出疑问：沙还能成山？真的堪称世界奇迹，人间一绝。据宁夏的朋友介绍，这座巍然屹立的沙山，来自远方的腾格里沙漠。腾格里沙漠被风吹起的飞沙，在种种特殊因素的作用下，翻山越岭降落在了这里，经过几百年甚至于几千年，聚集成了一座天然的沙山。它与沙湖形成了水映沙、沙依湖的美丽奇观。

所以，在沙湖除了可以欣赏到美丽的湖光，也可以看到黄沙漫漫的山色，欣赏到驼铃声声中沙鸥翔集的奇异景观。

大凡第一次到沙湖的人，都不能不被它别具一格的景色吸引。在西北黄土高原这样干旱的地区，形成这么一个 20 多平方公里的水面真的很不容易。仿佛这一片广袤的原野上的所有生机，都集结到了这里。乘上小艇，穿行在层层芦苇中，透过明镜一般的湖面，可以清晰地看到湖底的沙漠。那真是一片神奇的沙漠，有一座座矮小的沙丘，沙丘周围生长着青翠的植物，一群活灵活现的小鱼儿无拘无束地游着，让人联想起沙漠中的骆驼队。这时候你会发现自己陷入了迷惑之中：粼粼的波光是水中的沙漠在缓缓地移动，还是风吹湖水起的

◆ 神奇而又迷人的沙湖

波浪？抑或进入了梦境？也许正是水中沙漠的反射，使得湖水在明亮的阳光下，显得越发清澈。远处的湖面上遍布着一丛丛绿色的芦苇，不像白洋淀那样连成一片，而是一簇一簇，亭亭玉立，让这片湖水充满了活力和生机。我记得著名诗人王辽生有一首写玄武湖的诗，开头两句是"是什么风吹活了玄武湖水，给我半湖珍珠半湖翡翠……"如果用到沙湖，就是"半湖珍珠半湖黄金"了。清风徐徐吹过，茂盛的枝叶随风翩翩起舞，那一抹正在你面前摇曳不休的鲜嫩颜色，仿佛就要晒化在了这初夏的阳光里一样，时而清晰又时而模糊。一只只苍鹭、白鹭、野鸭一类的鸟儿在湖面上盘旋飞过。远远看去，它们仿佛在湖面上跳着你形容不出的鸟类的舞蹈。还有些会猛然间飞向水面旋即又冲天而起，也有些飞着飞着就消失在了那密密的芦苇丛中。眺望远处，只见沙山绵延起伏，倒映湖面，在午后微醺的空气中，慵懒地揽湖自照，流连倩影。

沙湖值得回味的地方太多，但给人留下诗幻般印象，并且常被在梦中回味的是沙雕园。沙雕是一种以沙和水为基本材料的雕塑艺术，对于多年生活在大都市里的人来说，既新奇又稀奇。宁夏朋友告诉我，沙雕只能用沙和水来完成，不能使用任何化学黏合剂。它通过堆、挖、雕、掏等手段塑成各种造型。作品完成后经过外表喷洒特定胶水加固，在正常情况下一般可以保持几个月，因此被人们称为"速朽艺术"，也有的说是"昙花一现"。

我曾在海南三亚的海滩上看过沙雕。沙湖的沙雕与那些海滩沙雕相比，更加灿烂夺目。沙湖的沙子色泽金黄，又因为是"大风吹来的"，经过了过滤而特别纯净，无杂质而有黏性，也就是说更适合沙雕创作，更能表现沙雕艺术与众不同的特色。从 2002 年起，沙湖每年都要举办国际沙雕大赛，国内外著名的沙雕大师纷纷前来献艺，沙雕园中的作品也因此而具有很高的创作水准和艺术欣赏价值。在沙湖的沙雕园中，不但那一座座主题鲜明、寓意深刻的沙雕能够带给你无尽的联想，让你感受宏大与壮观之美，欣赏世界各地的奇异景观，观赏一组组奇趣的故事……只是单单就沙雕这种艺术形式来看，它也会给人以心灵上的震撼和对生命的感悟。

走在沙湖的沙雕园中，仿佛穿过一条历史的时光隧道：不久前刚刚创作的沙雕都是崭新而棱角分明的，而那些已经完成了一段时间的作品，却线条都有些模糊不清了，还有的部位已经坍塌毁坏了。至于那些上一届沙雕大赛的作品——世界各地的特色建筑，多数都只剩下了残垣断壁。安徒生童话中的一座座城堡早已不见了王子与公主，城墙坍塌、塔楼崩倒，一副废墟中古堡的模样，只有一只只黑色的沙燕，在曾经的门窗中飞进飞出，寻找白云的辉煌。甚至还有一些已经毁坏得看不出本来的面目了，只有块块废墟还显示着曾经的美丽……

几年，甚至是几个月，沙雕就经历了辉煌与黯淡，恢复了本来的面目。这时，一位同行者感叹地说出了一句曾经很流行的话："我把你的名字写在沙滩上，被风带走了。"他的话引起了我们的深思。没有一座沙雕曾经打算传世不朽，但所有的沙雕创作者在创作这种不久就会消散在风中的艺术品时，都是一丝不苟而极尽精巧细致。这种追求的本身就值得人们去思索。其实，人生何尝不是如此，无论你辉煌也好，灿烂也罢，不过都是昙花一现。人生真正的价值，就在于生的伟大。

◆ 沙湖沙雕园

沙湖的夜晚

　　在都市里住久了的人们，有一个共同的感觉，就是对夜晚的印象越来越淡薄，或者说越来越遥远。也许正因为此，2006年春夏之交的沙湖之夜，才像久别的恋人再次相会那样，让我常常想起和回味。

　　对于为什么宇宙有白天和夜晚之分？夜晚的天空为什么又是黑暗的？天文学家、科学家们研究了千百年，不知结论是否统一。我们不是搞这方面研究的，不能妄加议论。不过，从人的生理、心理健康来看，夜晚就是人的生命的加油站。2008年春，我同中铁二十一局集团公司总经理李宁去甘南，在腊子口峡谷中，他指着那些青春洋溢的千年古树，感慨地说，越是偏远、寂静的山沟里，树长得越茂盛、越茁壮。从植物学的角度上说，树也需要休息。都市里从早到晚，不分昼夜的灯火、噪音，让树久而久之也产生了疲劳。后来，我留意观察了一段时间，发现都市里的树，尽管每天有人浇水，定期施肥，但树叶的确比不上山里的树叶绿而鲜嫩。

记得小时候在老家，到了夜晚时分，到处一片静寂，天也黑得如同涂了墨一样。无论谁家里发出一点动静，整个村子都能听到。夜里想解小便，看着黑黑的天，黑黑的地，心里害怕，只得故意哭几声，吵醒爷爷，让爷爷带着去小便。这些年，在都市里生活，真的感觉分不出夜晚的颜色。你说是黑色的吧，明明到处灯火通明，连天空都近乎看不到黑色。你说是白色的吧，它又阴影重重，没有明媚的阳光。最要命的是都市里忽高忽低、忽近忽远的噪音，吵得让人心烦意乱，情绪焦躁不安。

沙湖的夜晚是在不知不觉中降临的。当橘黄色的晚霞从湖面上渐渐退去时，那片湖先安静了下来，向人们袒露出与白天的阳光下完全不同的面貌和迥异的风格。给我的感觉是湖水少了些许活泼，多了几分妩媚，变得幽深起来，湖中还没上岸的小船也不再像白天那样驰骋，而是缓缓地、深情地荡漾着，仿佛云中的弯月。小船荡起的一道道水纹在船的两侧传递开去，渐渐消失在远处，带动着水中的芦苇也轻轻地摇晃，把它们那鲜绿的身影摇碎在湖面倒映的金色的斜阳里。白天那些在水面盘旋的白鹭、野鸭们，此刻也安静了下来，偶尔有几只晚归的，在飞过绯红的晚霞时，掷下几声空旷的鸣叫。西沉的太阳好像担心人们议论它，脸红红的，带着几分害羞。此时的沙湖真是"一道残阳铺水中，半湖瑟瑟半湖红"。

望着沙湖上这美丽的落日，每个人都会领悟着自己的沙湖。一年当中，能有几个这样的日子、这样的时刻，让人静静地思考、细细地感悟，体味生命的愉悦？反映毛泽东青年时代生活的电视剧《恰同学少年》中有一个镜头，毛泽东的同学、后来成为革命家的蔡和森与女朋友向警予在橘子洲头，望着宁静的落日、宁静的湘江，感慨万端地说："一年中有这样几个安静的时刻多好啊！"我们中这些平时工作缠身的人们，上一次这样静静地望着夕阳，又各自是什么时候？在我们太过复杂、太过喧嚣的生活中，"简单"二字成了一种奢望。就这样体味着简单而壮美的黄昏风景，我感受到了一种心灵的宁静。

宁夏的朋友告诉我们，金秋的沙湖的夜色要比此时更美。那时，湖中的芦苇全部变成金黄色，水鸟们也不像现在这样一到傍晚就隐蔽在了苇丛中，而是会成群结队地停泊在湖面上。若有什么响动，还会出现万鸟同时展翅，迎着落日一齐起飞的壮观景象。你可以想象得出来，满天橙红色的霞光中，无数的飞鸟漫天飞舞，万鸟齐鸣，该是怎样的一种震撼场面？脚踏在柔软的沙山上，望着碧波无垠的湖面，迎面吹着从湖上而来的微风，人的心情不禁渐渐地平静了下来，生活中的烦恼、工作上的压力，此刻都被抛到了九霄云外，天地之间只剩下一人、一沙、一湖。天光映照之下，湖面上的水纹颤巍巍地波动着，泛起粼粼的波光；湖风轻柔地吹拂之下，沙坡上的沙纹缓缓地移动着，叠起层层的褶皱来——岸上、岸下，土黄、碧蓝，沙纹、水纹交相辉映，直让人心醉神迷。

　　暮色四合。略带凉意的晚风静静地拂面而过，穿过湖畔的树林，传来了一阵轻微的沙沙声。湖水在夜色的笼罩下，正

◆ 橙色的霞光中，鸟儿飞舞

在静静地进入梦乡。湖对面，白天火热喧闹的沙山，此时也不见了游人的踪影，只剩下了一个黑色的轮廓。

沙湖的夜晚，是真正叫人能安心睡下觉的地方。月光，湖水，沙滩。

宁静才是夜晚的本色。

宁静也是人与自然和谐的重要元素之一。

我甚至想，如果真的搞一次全城停电，让夜晚回归，那不仅可能节约很多能源，也可以让人们重新回到正常的生活中去。

其实，我怀念的并不是黑暗，而是那份属于黑暗的宁静。

小吃店里的回族文化

　　到北京来的外国游客，喜欢到后海等一些小吃店去吃饭，感受古老的北京文化。我出差到外地，只要时间允许，也喜欢到一些有特色的小吃店里吃饭。在兰州的十八里店、甘肃成县的小吃一条街、郑州的肖记羊肉馆等地方，的确能够感受到当地的文化氛围。所以，到了银川，我也向朋友提出到小吃店吃饭的要求。

　　银川的小吃店很多。最富有特色的当属一些回族小吃店。这些小吃店的面积大小不同，但一个共同的特点是干净。在银川的大街上，我注意观察了一下，凡是回族的饮食摊点、小吃铺、饭店、茶馆等，门口都挂着特制的清真牌。那些清真牌有木制和玻璃的两种，长约0.5米，宽约0.3米，正中绘有汤瓶壶和盖碗盅子，牌子上或下端书有阿拉伯文字。有的在店前屋檐下挂着蓝色横幅，书写着阿汉两种文字，以表示清真。我们所到的那家回族人开的小吃店位于银川繁华的市中心。一进店，第一感觉是环境洁净。回族人尤其注重饮食卫生。我们坐下以后，热情的主人首先给我们送上了一个带有花纹的小碗，碗上都加了盖子。打开一看，里边是空的。

宁夏的朋友告诉我，这只小碗是用来泡茶的，就是宁夏回族的盖碗茶。他说，盖碗茶是回族传统饮茶风俗，历史也相当久远，相传始于唐朝贞观年间。乍看上去，它并没有多少特别之处：一只颇似喇叭口形状的小茶碗，茶碗上有盖子。所谓盖碗茶就是把茶水盖在碗里。因盛水的盖碗由托盘托着，与茶碗和碗盖形成三个部分，所以又有"三炮台"之称。

一位年轻的回族小伙，手里提着一只铜水壶，壶的哨子大概有两米多长。他先把我们面前的茶碗上的盖子揭开，用开水烫一下碗。宁夏的朋友说，这是告诉客人是新茶。那个小伙子在我们的茶碗里放入茶及其他原料，然后站在两米外的地方给我们的茶碗里加水。这实际上也是一种洁净的操作方式，是对客人的一种尊敬。过了一会儿，打开茶碗盖子，一股浓烈的醇香随着茶的热气袅袅升起。宁夏的朋友指着碗里的原料告诉我，这里有红枣、枸杞、核桃仁、桂圆、芝麻、葡萄干、白糖、茶叶等多种原料，因而称之为八宝茶。盖碗茶因配料不同，所以名称也不尽相同，有红糖砖茶、白糖清茶、冰糖

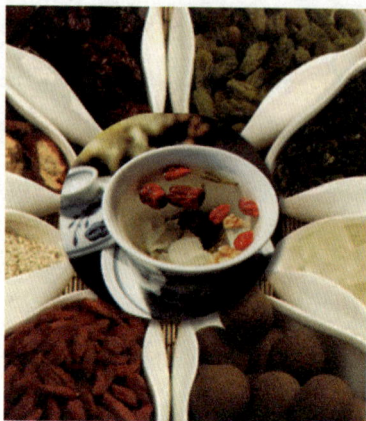
◆ 八宝茶

窝窝茶等单品种的茶，有用茶叶、冰糖、桂圆泡制的三香茶，用冰糖、茶叶、桂圆、葡萄干、杏干泡制的五香茶等几十个品种。大多根据不同的季节和客人的要求，配制不同的茶。夏天多饮茉莉花茶、绿茶，冬天多饮陕青茶。驱寒和胃饮红糖砖茶，消积化食饮白糖清茶，清热泻火饮冰糖窝窝茶，提神补气、明目益思、强身健胃、延年益寿饮八宝茶。

听了宁夏朋友的介绍，我对回族的茶文化有了初步了解。近年来，随着人们物质生活水平不断提高，在都市里，饮茶也成为一种高消费或者说高贵生活的象征。大大小小的茶社、茶庄应运而生，一杯茶动辄上百元甚至更贵，这种情形屡见不鲜。而有一些人，完全不是为了饮茶，更谈不上品茶，而是把茶社，尤其是大酒店的茶座当作谈生意、做交易的场所，坐下来心急火燎，谈话时心照不宣，分手时心情犹如一杯残茶。比之在这样的小吃店里放松地饮茶，真是天壤之别。

朋友知道我喜欢吃羊肉，所以点了几样被他称之为宁夏回族自治区"区菜"的"羊"字系列菜。一道菜叫宁夏羊羔肉。

据他介绍，宁夏羊羔肉现在不仅在宁夏，就是在北方一些城市
以至全国，都是叫得响的品牌。我问他羊羔肉是不是尚未成年
的小羊的肉。他摇摇头，说我理解问题有点片面。他说羊羔肉
在宁夏历史也很久远了。它是用宁夏"滩羊"中的羯羊烹制的。
这种羊的特点是瘦肉多，肉质嫩，易消化，无膻味，蛋白质丰富，
成品色香味俱全，无油腻感。我品尝了几块羊羔肉，的确是细
嫩鲜美，没有膻味。

还有一道叫做烩羊杂碎。他介绍说，烩羊杂碎是宁夏的
一道著名的传统小吃，历史相当悠久。因为这道菜又数宁夏
的吴忠人做得最好，所以又称吴忠风味羊杂碎。1994 年 5 月
曾被评为"全国清真名牌风味食品"。它的原料既新鲜又丰富。
所谓羊杂碎，是指羊身上的一些组件，如羊头、羊肚、羊肠、
羊蹄、羊心、羊肝、羊肺，制作时加上香菜、葱、姜、蒜苗、
精盐、味精、红油等。我一边吃着，一边和宁夏的朋友开玩笑：
"咱们这是在吃历史文化啊！"

吃饭的时候，我注意观察了一下周围的客人，发现不光
是回族人，还有很多汉人。他们都吃得津津有味。从一些客
人与小吃店老板和服务员说话的口气可以听得出，他们中大
多数是这家小吃店的熟客，也就是人们常说的回头客。

常常，到了华灯初上时分，小吃店又多了一项功能：会客。
一些在银川务工的外地回族人，喜欢在这个时候从四面八方

向一处聚集。男孩子们特别喜欢坐在小吃店门外的桌子旁，一边喝着啤酒，一边谈着各自的境遇，或者从家乡得到的最新信息。他们是那么融洽，那么平常，甚至那么开心，常常让周围的人嫉妒。有时候，碰到哪一位老乡遇到了不平的事，心情不好，大家都轮番劝慰他、开导他，让他来时一脸阴云，走时一脸阳光。有人形容说，小吃店门前那一席之地，有时发挥的却是法庭调解功能。这是什么力量？你一定会从中找到答案。那些女孩子们有的来时还带着从商场刚刚买来的衣服，展示给同乡或朋友看。这时，餐桌旁就会响起不断的笑声，让在小吃店吃饭的人都受到感染。有多少对少男少女是在小吃店相识相爱，结成百年姻缘的，小吃店的老板记不清了，也没办法统计。不过，老板说他最喜欢接待那些年轻的恋人。他们在一起吃饭时，相互看着对方的含情脉脉的眼神、温暖如春的话语，让旁观者也感受到了情的珍贵。

　　其实，乡情不仅是回族文化的一个方面的反映，也是我们中华民族最古老、最贵重、最具有凝聚力的文化。这种文化的力量是巨大的。

宁夏景象

　　我历来不赞成把甲方的风景比作乙方的风景，因为那无疑是一种复制，甚至可以说带有对甲方的贬低。记得小时候，我们老家的人把淮北称之为"小上海"。那时，我没有机会去看真实的上海，所以上海在我心中也就是淮北那个样子。直到 20 世纪 80 年代我在上海大学作家班学习，才知道那个比喻真真正正南辕北辙。这次，我在宁夏走了一圈以后，觉得把宁夏比为"塞上江南"，说它像江南那样美丽，也实在不怎么贴切。其实，你真正留心观察宁夏，可能会得出与我一样的感慨。

　　江南景色多为一个"秀"字，而宁夏景色中透露的则是一个"刚"字。不论是山是水，也不论是土地还是大漠，就是田里的庄稼也给人一种阳刚之气。在宁夏的大地上穿行，你会强烈地感觉到天地之间透着一股刚强的力量，一种奔放的热情。我们登六盘山那天，是一个阴霾的日子。到山顶时，天空突然出现万道金黄色的光芒，漫山遍野的树枝上都镶上了金黄色的边，仿佛在舞动金黄色绸缎，扭着秧歌欢迎远道而来的客人。这时，默诵起毛主席"六盘山上高峰，红旗漫卷西风，今日长缨在手，何时缚住苍龙"的诗句，你心中不能不生出一种浩然正气。

宁夏南部河套地区有广袤的平原，但属于地地道道的黄土地。由于地势起伏跌宕，田野也自然呈现波浪起伏的姿势。那山川是雄壮的，田野也是雄浑、宽厚的。远远看上去，绿色的浪尖上闪动着一片片金黄的光，仿佛数不清的蝴蝶在上边翩翩起舞。尤其是道路边、田野上的一排排白杨树，叶子都闪着金光。浩如烟海的沙漠，更是金碧辉煌，让你真正体会到"金色的海洋"的影像。至于说被炎黄子孙世代赞誉的母亲河——黄河，在金黄的阳光照耀下，犹如一河黄金……

宁夏的背景或者说基调是金黄色的，而且色彩特别突出，特别耀眼。黄河、黄土高坡、沙漠，无不贴着金黄色的标签。按照色彩学的说法，黄色与红色、橙色同为暖色，透着温暖，体现成熟，昭示丰收。在一些诗人、画家的笔下，在一些电影电视导演、摄影者眼里，黄色是出现和出镜率较高的色彩之一。

　　黄色渲染激情。著名导演张艺谋的成名作品《黄土地》，就把黄土地特有的那种黄色的激情发挥到淋漓尽致，冲撞开长期笼罩在中国电影屏幕上沉闷、单一的色彩，让中国电影界开始了暖和的岁月。2006 年，他的《满城尽带黄金甲》，又把黄色渲染到了极致。行走在宁夏，享受最多的是激情。不论是在浩瀚的腾格里沙漠上骑着骆驼行走，还是在流水湍急的黄河上漂流……那种激情总离你不远。

　　黄色代表着一种大势。在中国古代，黄色从某种意义上说是国色。历朝历代皇帝的龙袍都是黄色。一般来说，普通百姓不敢使用黄色，因为有犯上的嫌疑。尽管炎黄子孙千百年来以"龙的传人"自居，而黄河落日真正见过龙的人恐怕至今没有出世。但是，我们世世代代绘制的龙的图腾均以黄色为基调。宁夏给人的印象就是大气、大势，山是那种大气磅礴的山，河是那种大起大落的河，沙漠是那种大度包容的大漠，就是土地上生长出的物品也是大红大紫……

　　黄色还最易兼容并包，可以与各种色彩融合，而且不计名利。最常见的是它每天都陪伴着鲜红的太阳升起，而人们却总是把颂歌献给红色，如红太阳、鲜红的太阳。中华人民共和国的国旗底色是红色，旗面左上方五颗黄色五角星，象征共产党领导下的革命大团结。红黄衬映，气势恢弘，象征着红色大地上显现光明，显示着希望、生机和力量。当你登上沙坡头看到沙漠里成长起一片片绿荫，当你看到黄河岸边黄河水滋养着的一片片丰收之地，你更能体会到黄色的大度包容和非凡气质。

在江南如画的风景中，建筑无疑是精彩的一笔。同样，宁夏的建筑在宁夏景象中也踞有重要的地位。在宁夏建筑中，清真寺又是一道别致的风景。宁夏作为我国最大的回族聚集区，有大大小小的清真寺3000多座，遍布城乡各地。宁夏的清真寺建筑是伊斯兰文化与中国传统文化融合一体的象征，最为引人注目的是将伊斯兰装饰风格与中国传统装饰手法融会贯通，在建筑群的色彩基调中突出伊斯兰教的宗教内容，同时反映出中国传统建筑文化注重总体艺术形象的鲜明特点。加上这些建筑大多建在高处，而且姿态雄伟、气势巍峨，不仅为宁夏景象增添一道独特的亮丽，而且赋予宁夏景象一股磅礴的大气。其实，它已远非一种建筑类型，而成为一种文化符号，

◆ 南关清真寺

一种历史积淀，一种特殊风景。

　　我读懂宁夏的本色是在彭阳。这里 20 世纪曾被联合国有关机构的专家学者宣布为"不适宜人居的地方"。几十年过去，黄土地上花团锦簇、花果飘香。人与土地、与自然情真意切、情景交融、情浓于水地和谐生存、相处。据心理学家说，色彩能够影响人的情绪、心理。从心理学角度看，黄色是一种团结色、上进色、快乐色。如果黄色表现在一方土地上，会让人更加深对黄色是丰收的象征、收获的象征的理解。

　　宁夏的本色，其实就是土地的色彩，生命的色彩。它让宁夏景象也充满了憧憬和力量。

◆ 宁夏南部灌区新貌

细
节

　　一个地方的文明程度，不是体现在数字、口号和领导的总结报告中，而是在一些细节之中，细微之处。就像一部长篇小说，故事编得再完美，缺少生动活泼的细节，就会像人缺少血液一样没有生命力。我对宁夏文明的认识，就是从一些细节开始的。

　　在宁夏的高速公路上行驶，你只要留心观察就会发现，耸立在路旁的交通标志牌排列整齐。它们有的是温馨的提示，提示司机注意安全；有的是严厉警告，警告司机不要违章；有的是行驶的指示，如转向等……它的每一块标志牌都干干净净，蓝底白字十分清晰。一些地方的高速公路只顾收费而不养护，指示牌或模糊残缺，或干脆倒立，让初来乍到的人分不清方向，感到沉重。尤其引起我注意的，是宁夏高速公路边那些公里的标志牌非常准确。在南方某经济较为发达的省和中原某省，高速公路上的公里标志非常混乱。到某个目的地是200公里路程，明明你已经走了150公里，而路边的标志上却标明还要再走150公里。也许在一些领导或者高速公路管理人员眼里，几公里、几十公里的误差是正常的，或者说是微不足道的小事，岂不知会使人心情急躁甚至带来精神压力。正因为如此，看到树立在公路边的"某某人民欢迎你！"我就感到遗憾。文明往往蕴藏在细节之中，最能表达热情的往往也是细节。细节上的认真与否，关系到给人们什么样的享受。同时，也能体现一个地方的精神面貌。不是有句老话叫"细微之处见精神"吗？

宁夏人的文明，在生活环境中也有很好地体现。作为回族聚居地，宁夏的天地之间到处流动着纯洁的白云。回族是一个崇尚白色、很爱干净的民族，回族男性都喜欢戴白色的小帽子。在这样一个境内有三大沙源，山脉间夹地与来自北方的冷空气相遇又极容易产生强风，气象因素十分不稳定，因而容易引发沙尘暴的地方，不论是城里的大街小巷还是农村的漫山遍野，小白帽却都是那么洁白无瑕。

对土地的态度，最能表现一个地方人的文明程度。在宁夏，只要是能看到黄河的身影的地方，必然有维修保养完好的水渠，精心呵护着河水缓缓而流，两边的土地郁郁葱葱。宁夏的朋友告诉我们，在一些缺水的农村，水渠比公路，甚至比自家的房子都修得好。俗话说得好，"有妈的孩子像块宝"，这话用在庄稼上，也是无比地贴切。紧靠着母亲河的庄稼地总是格外地茂盛，连田头的野草都比别处鲜嫩，而那些远离了黄河水滋润的土地上，那些盐碱地、石板地，没有一块是光秃秃的不毛之地，没有一块土地被宁夏人放弃。那些明知秋天不一定能获得好收成的宁夏人，仍然起早摸黑，披星戴月地与土地一起奋斗。人，在履行着人的责任，庄稼也在完成着庄稼的使命，坚强不屈地活着！

这让我想起了宁夏引黄灌溉的奇迹来。宁夏引黄灌溉的历史相当悠久。在技术落后的古代，中卫人就硬是在黄河里

◆ 宁夏灌区

修出了一条分流灌溉堤坝，使得千里旱地变成了沃野，这就是沙坡头的美丽渠。到了当代，以吃苦耐劳而著称的彭阳人，修起了三级蓄水池、扬水设施，改变了滔滔的黄河水多年"水往低处流"的自然规律，让其爬上高高的山区，带来了庄稼的丰收。而黄河边上的金沙湾，曾经是一片连野草都不长的盐碱地，引进德国多种灌溉技术之后，形成了滴灌、喷灌、渗灌等由电脑集中控制的灌溉设备网络，田野里绿波荡漾，瓜果飘香。

在银川街头，我曾留意了一下读报栏。这些年，很多城市都搞了读报栏，好像这是评比"文明城市"的一个条件。有的城市，读报栏建得很漂亮，但里边的报纸一两个月甚至更长时间都不换。试想，你这样的读报栏怎样引导市民创建文明呢？而银川市街头的读报栏，每天都是新的面孔、新的内容。因此，它就成了信息港，成了一道风景。

生活中的细节，如同人的细胞，你必须珍重它、爱惜它，它才能让你的生活更舒适、更美丽……

中卫印象

有人说过，到过宁夏，甚至于没到过宁夏的人，大都是先知道沙坡头，而后知道中卫市，正如很多人先知西柏坡而后知平山县一样。这当然事出有因，或者说情有可原。因为沙坡头不仅是国内外著名的黄河游览区，也是享誉世界的沙漠绿洲，其治沙成果被称为"世界奇迹"。不过，我来到中卫后惊喜地发现，这个拥有悠久历史和深厚文化底蕴的塞上古城，同我国许多历史文化名城一样魅力四射。沙坡头的万丈光芒，丝毫不能遮掩中卫的金碧辉煌。它们交相辉映，共同守护着中卫沧桑而又灿烂的历史文化，并且不断把它发扬光大。

纵观国际和国内的历史文化名城的形成和发展，大多与它的地理位置密切相关。中卫西与甘肃省接壤，北与内蒙古自治区的阿拉善盟毗连，东连宁夏的吴忠市，南邻甘肃省和宁夏的固原市，是宁夏、内蒙古、甘肃三省区的交界点、西北重要交通枢纽之一。它前有黄河天堑，后有贺兰屏障，浩瀚的腾格里大漠又俨然一道沙的长城，因而，中卫承担西北地区兵家重镇当属义不容辞了。直至今日，中卫境内公路交错，铁路横织，水陆交通便利，继续履行着连接西北地区和东部地区的神圣职责。从中卫的一碗泉旧石器遗址、双龙山石窟、海原"环球大震"遗址等，我们可以寻找到先人们遥远的足迹，听到先人们刀耕火种时的呐喊，看到"遍地是牛羊"的景象，也从中看出中卫灿烂的古代文明和深厚的文化底蕴。

一个城市的历史要通过文化体现。一个城市的希望也首先表现在文化上。记得一位很有思想的青年作家在他的批判国内一些"现代化都市"的书里，一针见血地指出了这些城市的共性问题，就是文化的缺失。我觉得他还客气了，笔下留情了。有的城市，一年崛起几百栋甚至几千栋高楼大厦，先不用说外地人，就是本地人也说不上来那些"与国际接轨"的楼盘的名字和位置。我认为，文化最感染人，最熏陶人，最征服人。在中卫购物，不管是大商场还是小店铺，营业人员不论是满脸沧桑的老人，还是刚出校门的少年，不仅笑容热情、态度和蔼，而且没有故意夸大商品的功能，更没有欺诈，公平交易，公正待客，让人感觉到中卫自古倡儒兴学、崇文重道，千百年来所形成的文化传统，已经深深地积淀在了人们的心里，以及遍布中卫的一处处古迹名胜之中。一位同行曾经历这样一件事：他在中卫一个地摊上买东西，花了九块八毛钱，由于身上没带零钱，给了那位卖东西的阿姨十元钱，对那位阿姨说"不用找零了"。而那位阿姨说什么也不愿意，向旁边摆地摊的逐个借零钱，这个一角，那个几分，凑够了两毛钱，找给了他。阿姨说："一是一，二是二。不能让外来人说中卫人不公平！"那位同行感叹地说："那个阿姨的眼神中都有文化积淀！"在中卫，不管是从集沙、山、河、园于一体的国家AAAA级旅游景区沙坡头，还是险幽奇绝、以丹霞地貌著称的寺口子旅游区，抑或是古代岩画、中卫高庙等人文景观，你都可以感受到这片土地豪放、苍茫、深厚、致远的文化魅力。

中卫城区有一个毛主席纪念广场。身穿长风衣、头戴厚呢帽，目光炯炯，神情慈祥的毛主席雕像高高屹立。这个毛主席塑像，建于"全国山河一片红"的1967年，造型同北京理工大学、中国地质大学等地的毛主席站立塑像如出一辙。

在那个年代，全国从城市到乡村，从工厂到学校，争先恐后地树立毛主席的雕像，建立毛主席纪念广场。但是，随着一代伟人离去，有的地方将毛主席纪念广场改建成大商场、大办公楼。中卫人的态度不同：接受历史、反思历史，却不愿抹除历史。他们加宽了广场，铺上了草坪，而且还增加了灯光。由于地处市中心，所以广场上总是有许多休闲的人们，旁边的马路上也是车来车往、繁华热闹。周围的建筑建了又建，广场上的人们来了又走，这座站立在这里几十年的毛主席像，就这样见证着中卫的繁荣、人民的富裕，如果毛泽东主席有知，定会感到欣慰吧！

◆ 中卫广场上的毛泽东塑像

这种对待历史的态度，也可以看出一个地区历史文化的底蕴，一方水土上的人民的传统美德……

云中的高庙

远看中卫高庙，就像定格在苍茫的蓝天上的一片云。

在中国辽阔的大地上，古代建筑比比皆是，而在这些古代建筑中，占地面积较大，建筑富丽堂皇，而且矗立的时间长久且又较为吸引当代人的庙宇，即使不能算得上首屈一指，也应当算是名列前茅。尤其是这些古代庙宇与文化、与艺术、与各种教的关系，或给人以博大精深，或给人以密切相关的感受。无论你走近哪一座庙宇，都可以从中了解到一段历史，或跌宕起伏，或引人入胜，或扑朔迷离，或高深莫测。记得在皖北一个乡村，有一座 20 世纪 80 年代由村民投资修建起来的小庙宇。我问其来由，当地一个村民竟然能把那座小小的庙宇同唐代联系起来，并且言之凿凿、引经据典地讲了一段历史故事，让我听后一头雾水。

实事求是地说，我对庙宇没有研究，所以兴趣也不高。但是，到了中卫，高庙集佛教、儒教、道教"三教合一"的鲜明特色或者说个性，引起了我的兴趣。

高庙坐落在中卫城城北接连城墙的一座高台上。据导游介绍，整个高庙占地 2501 平方米。在全国各地庙宇中，若以规模论资排辈，高庙恐怕要排在很后。但它的主要建筑集中在一条中轴线上，近百间不同内涵、不同风格、不同特点的殿宇自下而上，重重叠叠，层次分明，立体感强，紧凑而富于变化，尤其是独具一格的"三教合一"，让人觉得它又不同凡响。

位于前院的是保安寺，院子里有一些上了年岁的古树，高高大大，昂然伫立，显得庄严而又威严，给人一种森严壁垒的感觉。进入山门，就能看到高庙的主体建筑。首先映入眼帘的是单檐歇山顶大雄宝殿。大雄宝殿的两侧，厢房、地藏宫、三霄宫和三座配殿风格别致。尽管我对建筑学没有研究，此时此地也让我感到心灵震撼。当现代人津津乐道地谈论建筑艺术时，不知道是不是想到过建筑艺术的历史渊源，或者说最早的建筑艺术大师。他们在修建这些庙宇时，已经注重把建筑、环境、人们的审美需求等结合得恰到好处，即使说完美无缺也不过分。我不知古时的塞外名城中卫是什么模样，但从高庙的建筑就可以看出，那时的中卫的建筑一定是最美的风景。

中国古代建筑的最大特点是集建筑、雕塑、雕刻、绘画、书法以至音乐等多种艺术为一体，而且带有时代烙印。换句话说，就是每个时代的建筑，都有每个时代的特色。我记得文学泰斗巴金对五台山的评价是"一座博大精深的文化艺术宝山"。这一点，高庙也毫不逊色。过了南天门，就是中楼。中楼六角、三重檐、四面坡顶，分三层叠合，两侧有东西天池和砖砌天池，用飞桥同南天门相连，浑然一体。然而，如果仅仅有这些各具特色的建筑，绝对不会吸引或者征服历代人们。同所有的庙宇一样，它的一座座雕像、雕刻，更是散

◆ 高庙保安寺

发着一种美丽、庄严而又神圣的气息。中国的庙宇大多供奉神灵，这些神灵身上的故事，影响了一代又一代人。有人说地方官吏换了一茬又一茬，走了一任又一任，在当地老百姓中能够留下名字的并没有几个，唯庙宇的神圣活得始终坚强。中楼上层的太白金星气宇轩昂，给人的是一种威严感；而中层的观音像则温和慈祥，让人感到亲切；下层的二十八宿像，也都是栩栩如生。这时，你不能不想到，这些被人类供奉为神的，究竟靠什么让人类世世代代供奉、瞻仰、敬重？其实，说到底还是精神力量。殿中供奉为神的人物，或者有救世的传奇，或者有慈善的义举，或者有忠骨烈胆，或者豪侠仗义……让走近的人们不能不肃然起敬，心怀虔诚。而这些人物身上，都散发着古老文化的光辉。

拾级而上，最后是分上中下三层而建的五岳玉皇、圣母宝殿。下层正面是五岳庙，东有三宫殿，西有祖师殿；中层正中塑有玉皇像，后楼为大成殿，祀孔子；上层正面为瑶池宫，东西两侧为三教宫。三殿底层东西两侧是文武楼。文楼塑的是文昌，身骑四不像怪兽；武楼塑的是关公，骑赤兔追风马。文武楼下层的龙王宫，塑四海龙王，神态各异，活灵活现。每一个雕像的人物，都是中华民族古代历史上或传说，或存在的风云人物、英雄豪杰。他们就是一段历史故事，一首生命之歌，一个文化符号。这也是庙宇给人审美力的一个有力表现。

　　沿二十四级青砖铺砌的台阶而上，砖雕牌坊耸立眼前。牌坊立的一副对联十分有趣。上联是：儒释道之度我度他皆从这里；下联是：天地人之自造自化尽在此间；横批是：无上法桥。

　　如果你一时无法理解，将其与砖牌坊下面的地狱宫联系起来，就好理解了。在这所被称为地狱的宫殿里，各种怪像云集，有的青面红发，锯齿獠牙，面目狰狞，咄咄逼人；有的表情庄重，目光坚定，神情从容，气质超群……置身之处，每个人一定会有不同的联想。然而，纵观整个绘画，又不得不对创作者丰富的想象力，浪漫与现实主义相结合的创作手法，以及笔法细腻、色彩鲜明的技艺产生敬仰之情。据说，高庙里原存有 1700 多个彩塑造像和大量彩画，但我所看到的仅仅是一部分。问其原因，朋友轻轻感叹地说了两个字："十年……"我就马上明白，他所指的是 20 世纪 60 年代末至 70 年代后期，发生在中国大地上的十年动乱。那十年，的确毁灭了许许多多珍贵而又美好的东西。高庙只不过是遍体鳞伤中的一个小小的伤疤。

　　据说这座称为高庙的庙宇始建于明代永乐年间，时称"新庙"。至于为什么称之为新庙，解释的版本不下十几个。但是有一点是共同的，就是这座庙宇当年香火旺盛。从高庙"三教合一"，从神同堂，可以看出它的投资者、设计者、建设者以及创作者，都力求表现一个"和"字。史料上说，到了清朝康熙四十八年（公元 1709 年）秋，宁夏一带发生了强烈地震，新庙没能躲过这一浩劫，几乎被夷为平地。地震过后，在废墟上重建。清朝道光二年（公元 1822 年）、咸丰三年（公元 1853 年）、光绪八年（公元 1882 年）又屡次续建和扩建，并将其改称为"玉皇阁"。从这一点来看，那些皇帝之所以不惜斥巨资修建这座庙宇，与他们利用其宗教统治当地民众有关。而大凡坐落在偏远地方的庙宇，都可以看到皇帝的御笔。

民国初年，新庙宇再次增建，此后改称"高庙"。至于为什么称其为高庙，不得而知。我想也许与它"三教合一"有关，也许就是因为建在高台之上，也许有着更为深邃的内涵吧！

在我们一些影视作品中，常常把这个教派与那个教派对立起来，各有各的山头，各有各的势力，水火不容。从中卫高庙"三教合一"不难看出，各种教派和谐相处，相互依存，不仅是教派的最高境界，也是人类文明得以传承之所在。其实，一座座庙宇都不是用一种文化现象可以说明或者解释清楚的。我觉得人们尊崇的不仅仅是一种宗教信仰，也包含着对一个民族历史和一个民族文化的尊重。

风中有一片这样的沙漠

说起沙漠，没有到过沙漠的人可能会感到很遥远，但是，说到沙尘暴，即使对沙漠没有任何印象的人也会感到惊心动魄。当沙尘暴袭来之际，黄沙飞扬，遮天蔽日，远在沙漠几千里之外的城市都受到牵连，深受其害。有资料表明，不仅是西北和整个北方地区受到沙尘暴的肆虐，长江流域也处在它的威胁之下……

我们去沙坡头的路上，从巴士车上电台播出的气象预报中得知下午有风。有的同行心有余悸，建议改变行程。宁夏的朋友笑着说："沙坡头没有沙尘暴。否则就不是沙坡头了！"没有沙尘暴的沙漠，你听说过吗？我们怀着好奇、惊奇，甚至感到有点儿离奇的心情踏上沙坡头。

沙坡头地处中卫境内，距中卫市仅 20 公里，位于腾格里沙漠南侧。"腾格里"在蒙语里意为"天上掉下来"的沙漠，或者译为"像天一样高的地方"。这个沙漠的总面积约为4.3万平方公里，号称中国第四大沙漠。我们登上沙坡头，正是午后时分，第一感觉就是离太阳非常近，仿佛再走一会儿就能到达太阳的身边。天空中果然看不到黄色大雾一样的沙尘，反而像水洗过一样纯净。远处的沙漠上，缓缓移动的白云，犹如在沙漠上散步的羊群。坡下曲折的黄河，宛如一匹舞动的绸缎。坐在羊皮筏子上、身着红色救生衣的人们不时发出一声声尖叫，但不是那种受了惊吓的恐慌，而是被黄河和两岸景象感动，发出的惊喜交集的欢呼……

难道是风止了？我感觉到风没有止。人在吃东西时讲究口感，就是品尝被吃物的味道，其实，感觉是多样的。比起口感来，眼感也同样重要。人对景物的印象，往往不仅是凭着观察得出认识和结论，而且要凭着感觉。有的景物，可能是过眼云烟，但有的景物，则是过目不忘。这就是感觉。我之所以感觉到沙坡头上的风并没有静止，是因为我和同行朋友身上的衣服在飘动，身边的树影在晃动，沙漠上那些叫不上名字的绿色植物在摇动。而且，我还感觉到，冲击着沙坡头的风来势很强。此刻的沙坡头，为什么能泰然自若、风平浪静呢？

宁夏的朋友告诉我们，过去的沙坡头不是这样。有一首民谣说道："上了沙坡头，白骨无人收。脚踩阎王砭，性命交给天。"那时，沙坡头的天气瞬息万变，刚刚还是晴空万里，风和沙静，金黄的沙丘就像定格的波浪，但是一旦风暴袭来，风卷沙扬，铺天盖地，掩埋村庄，吞噬良田。千百年来，沙进人退，仅近代300年间，中卫市被迫向后退了7.5公里，被吞没的良田有近5万亩。到了新中国成立时，中卫市已处在被沙漠吞没的边缘。

多少年来，英勇的华夏儿女一直在寻找治沙的方法。20世纪50年代，为了加快西部地区经济社会发展，结束宁夏不通火车的历史，新中国上马建设了包兰铁路。这条铁路穿越腾格里沙漠，连接华北与西北，是我国第一条沙漠铁路。当时，国外有不少沙漠铁路因流沙的侵袭而被迫改道。通车后的包兰铁路初期也深受风沙的危害，火车被迫停开等情况时有发生。为保证铁路安全畅通，兰州铁路局中卫固沙林场的科技人员和工人，在中国科学院沙漠研究所沙坡头治沙站科研人员的大力支持和配合下，勇敢地承担起治沙工程的重任，在火车穿越的50

◆ 沙坡头景观

公里铁路沿线展开了规模浩大的治沙工程。经过几十年坚持不渝，在铁路沿线建起绿色屏障，不仅保障了包兰铁路安全畅通40余年，而且创造了前无古人的伟大奇迹：实现了人进沙退，使16万公顷被沙漠吞噬的土地变成了绿洲，极大地改变了这里的生态环境。沙坡头每年的风沙日由40年前的330天减至现在的122天。植物种类由过去的25种旱生植物发展到现在的453种，植被覆盖率由过去不足1％上升到42.4％，以前这里难见野生动物，如今已有140多种。国家环保总局在沙坡头建立了中国第一个具有荒漠生态特征的自然保护区，铁道部也在沙坡头建起了中国第一个沙生植物园。沙坡头固沙模式和治沙经验，已在甘肃、青海、新疆、内蒙古和东北地区推广应用。世界50多个国家和地区的数百名专家、学者前来参观考察，称赞这是"人类治沙史上的奇迹"、"世界上首位的沙漠治理工程"……人类就这样第一次改变了沙进人退的被动局面，尽管只是前进了几十公里，却耗费了几代人数十年的心血，这不能不让人感叹治沙工作者的智慧与勤劳，还有他们那无私奉献的伟大精神！沙坡头由此还荣获了联合国"全球500佳环境保护奖"。

一列列火车从沙漠的铁路上飞驰而过；一支支驼队走向沙漠深处；一群群游客在滑沙……这一片沙漠是那么安宁、祥和。

风中的沙漠，看不到沙尘飞扬，看到的是碧蓝的天空，这难道不是伟大的奇迹吗？

满城香风

　　在中卫城里待上两天，再到别的地方，朋友一定会说你身上有一股香味。因为，中卫城里四处飘着香气。

　　据说，宁夏一带自古以来流传着"天下黄河富宁夏，宁夏黄河富中卫"的说法。中卫地处被人们称为"河套"的黄河前套，地形复杂多变，既有由黄土丘陵沟壑形成的香山山脉，还有浩瀚无垠的腾格里沙漠，又有黄河千百年冲积制造出的平原——卫宁平原。这一片平原，多年来深受黄河母亲的宠爱，尽得黄河灌溉之利，纵横的沟渠如同一根根血管，不断地由母亲输送着新鲜血液，土地因而也长得丰满、肥壮，林茂粮丰、物产富饶，素有"鱼米之乡"的美誉。据中卫史料记载，早在3万多年前，这里已经有人类繁衍生息，种植业和养殖业也都非常兴旺。在中卫市区里走一走，还可以感受到自远古飘来的香风。

一个城市的人们的生活态度、生活状况、生活水平，并不是宽阔的大街两边那些毫无表情的大厦高楼能够代表，也不是荡漾在街道上的有钱人酒足饭饱后打着饱嗝喷出的酒气，以及化妆品和香水的气息能够体现，而表现最集中、最淋漓尽致的是那些农贸市场，以及那些老头老太太提着的菜篮子。出于更好地了解中卫的目的，我走进了一个农贸市场里。

我在一个米摊前，经主人同意后，抓起一把大米看了看。那米粒饱满硕大，色泽晶莹剔透，感到手中不是抓着一把米，而是一把珍珠。米摊前，有一对中年夫妇，也对米赞不绝口。听他们的口音，是从北京来的。一问，果然没错。他们是自驾游客，刚刚游过沙坡头来到中卫。那个女的坚持要买一百斤米用车带回北京。她说："我去年来的时候就用车带过一百斤回去。过一两个月以后，还有同事说我车上有一种特殊的香味。我说女孩子平时都用化妆品，车上怎么可能没有香味？我同事说不是那种香味，是那种成熟的稻谷的香味。我一想，那就是中卫大米留下的香味啊！"

听了那个北京女同志的话，我放下米之后闻了闻，手中的确留着香味，而且这香气竟然停留了很久很久。我不禁想起小时候，每到玉米下地以后，祖母就会用锥子剥玉米。那些天里，祖母的手指缝里一直都洋溢着一种新鲜而又迷人的香味。宁夏的朋友告诉我，中卫米多年来都是提供给朝廷的贡米，享誉天下。

在中卫街头，丰富多彩的农产品不仅构成了一道五彩纷呈的风景，而且形成了一道飘香的长廊。在沙漠里成熟，也被人们称为治沙功臣的沙棘，果实酸甜味美，含有多种营养成分，是纯天然的绿色食品；在黄河水滋养、黄土里成长的沙瓤西瓜，皮薄汁甜、沙脆可口，更是来此游览的四方宾客们不能错过的美食；香水梨、金丝枣都是香味四溢。最吸引游客目光的是中卫枸杞。中卫的枸杞粒大籽少，肉质肥厚，晶莹圆润的红色果实，就像一颗颗玛瑙，有的摊贩还故意把绿色枝条留下，既是一种点缀，又是一种证明。那一粒粒枸杞，在绿叶映衬之下，在高原的日光下，闪烁着动人的光泽，实在可爱，怪不得被称作宁夏的"红宝"。

中卫的小吃也是塞上有名，一到宁夏就可以听到"吃在中卫"的说法。我和同行的朋友在一个小摊前坐下，品尝一番过后，感觉果然名不虚传。素菜豆腐、漩粉凉菜、米黄子都是当地很受欢迎的菜品，还有各种的时令小吃，如凉粉、凉皮等，让所有来到这里的人都能够大饱口福。

而清蒸鸽子鱼、扒驼掌等珍馐美味，则是不可多得的高级佳肴。

满城香风、香气，也是历史的遗传，时代的特色，人生的见证。

◆ 美味的小吃

沙坡头随感

　　近些年，不断可以看到严肃批评甚至恶毒咒骂"人定胜天"这句话的文章，有的说它不符合客观规律，有的说它是一种狂想……实事求是地说，这些观点，的确引起了一些人的思想共鸣。我曾经也对这些观点持赞成的态度。可是，到了宁夏中卫的沙坡头，看了沙坡头治沙的展览和实际情况后，我对"人定胜天"这句话又有了新的认识和理解。

　　沙坡头位于我国第四大沙漠——腾格里沙漠——的南缘。它古称沙陀，元代称沙山，至乾隆年间形成了一个宽2000米，高200米，倾斜60度的大沙坡，由此得名沙坡头。这里的沙漠沙层厚度达70至100米，在全世界的沙漠中都属罕见。同沙漠地区气候一样，年降雨量仅180毫米，蒸发量却高达3064毫米。过去，沙坡头一带的沙漠流动沙丘占到

71%，每遇风暴袭击，飞扬的黄沙铺天盖地、遮天蔽日。传说中沙坡头一带过去曾有过城镇，都被沙尘暴掩埋于十八层地狱。有统计资料表明，沙坡头一年中最少要刮300多次有级别的狂风，沙丘平均每年移动2～5米。过去300多年中，腾格里沙漠不断南侵，迫使中卫绿洲后退了7.5公里，2700多公顷良田被沙海吞没，成千上万的民众被沙"逼"得背井离乡。尤其是沙漠对黄河的侵害相当严重。有资料显示，沙漠每年被大风刮到黄河之中的黄沙，不仅改变了黄河的着色，而且增加了黄河的沉重。

千百年来"沙逼人退"，人们不禁望沙生畏，甚至谈沙生惧。谁要说能治理沙漠，尤其是沙坡头这样的沙漠，肯定要遭到嘲笑、讥讽，甚至于指责。1958年，连接华北与西北的包兰铁路贯通，其中有50公里的铁路线穿过腾格里沙漠。这是我国第一条沙漠铁路。修建这条铁路时，决策者们就曾为穿越沙漠感到头痛。通车初期，这条铁路也的确深受风沙危害，火车曾多次因路轨被移动的黄沙掩埋而被迫中断。这个时候，有人建议铁路改道，说是国外大凡沙漠铁路遭受流沙侵害，都只能改道，别无他法。但是，承担治沙工程的兰州铁路局中卫固沙林场的科技人员和工人，在中国科学院沙漠研究所沙坡头治沙站科研人员的大力支持下，经过近百次反复试验，摸索出了"麦草方格沙障"，也称麦草方格固沙，达到阻沙、固沙的目的；在草方格上栽种沙蒿、花棒、籽蒿、柠条等沙生植物，建立起旱生植物带，营造挡沙林。同时建了4级扬水站，将流经沙坡头的黄河水引到沙丘上，提高了林木的成活率。一条护卫着铁路的绿色长廊出现在腾格里沙漠上。包兰铁路得以40多年安全运行，畅通无阻。在固沙护路的同时，科技人员和工人们还夷平了上千座沙丘，开垦出2000多公顷沙地，引黄河水栽种了苹果、梨、桃、葡萄等果树，在铁路边建起了一座沙漠果园。

大凡到过沙坡头旅游景区的人，无不留下惊叹的目光和赞叹之声。

黄河、青山、沙漠、绿洲……这些景观中每一个单个的景观，在中国很多地方都可以看到，世界范围内就更不计其数了，而且有的地方远比沙坡头更具魅力。比如出神化奇的鸣沙山，在全国、全世界就有好多处；再比如沙漠，尽管沙坡头地处的腾格里沙漠是我国的第四大沙漠，气势雄浑，但比这片沙漠更浩渺、更广阔、更壮观的沙漠在全国、全世界很多。至于说黄河，流经大半个中国，一路上留下的壮丽景观满目皆是。但是，把这些景观集中到一处，或者说集于一身，而且让它们都为自己调遣、安排，沙坡头当属独一无二。这正是它让人惊喜、惊叹之处。

站在沙坡头望去，沙山的北面，是一望无际的腾格里沙漠；

沙山的南面，是黄河水亲切滋润下成长起来的郁郁葱葱的绿洲；沙山的脚下，则是日夜奔流不息的黄河；而不远处，就是绵延起伏、险峻挺拔的祁连山余脉。尤其是到了傍晚，太阳即将落山的时候，从沙坡头望去，"大漠孤烟直，长河落日圆"的意境，体现得最完美、最淋漓尽致。

沙漠绿洲，是人类千百年来的一个美好的愿望，或者说一个深远的梦想。但是，在沙坡头，你可以看到这个梦想成真了，这个愿望实现了。

悠悠岁月，由古而今，集沙与水为一体的天赐绝景与人们的不懈创造，使如今的沙坡头已不是古时的沙陀头，它融自然景观、人文景观、治沙成果于一体，被世人称之为"世界沙都"、"世界垄断性旅游资源"。如今的沙坡头腾格里沙漠，既有沙漠波澜壮阔、苍茫雄浑的共性，又有风平沙静、温存敦厚的个性。游客可以骑着骆驼，悠闲自得地欣赏沙漠的景观，尤其是观赏雄浑的大漠日出日落的壮美，体会王维那首脍炙人口、千古传唱的绝句"大漠孤烟直，长河落日圆"所描画的景象。尽管时光已远隔了千年，那景象依旧动人心弦。在这一时刻，人的思绪不禁会被拉到寂寥空灵的意境中，而产生出无穷无尽的遐想。我的一位同行，就情不自禁地躺在沙漠上，久久不愿起来……你不能不为那些几十年奋战在治沙一线的科技人员、林业工人感到自豪，不能不为我们的国家创造了这样的人类奇迹感到骄

◆ 沙坡头上的驼队

傲。同时，你也不能不认真地想一想"人定胜天"这句话的深刻意义。其实，提出"人定胜天"的人，决不是在单纯指人与天一争高低，而是鼓励人们树立战胜自然灾害的信心和勇气。我理解他所说的天，指的是大自然中的一些灾害。对于大自然中的灾害，人们虽然不能完全战胜，但也的的确确战胜了很多自然灾害。同时，人的确应当具有这种精神，否则，根本就不可能在这个自然灾害频发的地球上生存。

这，也是人类文明的一个象征，人类进步的一种动力。

会唱歌的沙漠

　　说到沙漠，人们常常把它与枯燥、枯黄、枯寂和灾害甚至灾难联系在一起。因而，很少有人相信沙漠能唱出美妙动人的歌。到了宁夏，听人说沙坡头一带的沙漠会唱歌，我的第一反应是惊讶，感到不可思议，当然也不相信。所以，在去沙坡头的路上，我反复在想象着沙漠的歌声从何而来：是大风从沙漠上掠过的声音？是沙尘飞扬的声音？抑或是从遥远的地方飘过来的声音？我知道，国内有一些旅游景区的很多传奇故事，是当地人创作出来的，为的是吸引游客。这些年，出现了几个地方同时争一个名人的出生地、帝王将相墨宝或足迹留处的"官司"，甚至于玷辱一个地方的"穷山恶水、泼妇刁民"这种词句，也因出自乾隆皇帝之口（是否如此尚无考证），被相邻的两个市争相使用，以示皇帝曾经过此地，进而表明自己的历史悠久。俗话说眼见为实，沙漠会不会唱歌，我不仅想亲眼看一看，更想亲耳听一听。

我们同行的一位宁夏的朋友，曾多次到过沙坡头，对沙坡头的历史和现状了如指掌。他告诉了我们一个关于沙坡头的传说。中国有四大鸣沙山。沙坡头是其中较为有名的。同其他几大鸣沙山一样，沙坡头的传说也古老而悲凉，并有着浓重的神话色彩。传说很久以前，靠近黄河的沙坡头是一个码头，丝绸之路的枢纽，四方商旅往来不息，逐渐形成一座终日喧哗、热烈而又兴旺的古城，名字叫做桂王城。由于它紧靠着茫茫大沙漠，经常受到风沙的侵袭，因此，南门城楼上挂着一口神奇的大钟，每当风沙降临的时候，那口大钟就会自鸣起来，提醒和呼唤城里的人们逃避。很多年间，有这口大钟的报警，城里的百姓躲过了一场又一场灾难。百姓都把那口大钟奉若神明，称其为"神钟"。有一天，大钟突然又惊天动地地自鸣起来，百姓一听神钟报警，连忙行动，扶老携幼，仓皇出逃。但是，那一次的沙尘暴来得太猛太快，很多人没来得及逃离就被遮天蔽日的风沙吞没。大风挟着沙尘一连刮了七天七夜，埋没了城市，吞并了繁华，也淹没了一段历史。那口大钟自鸣了七天七夜，被流沙掩埋在了沙坡底下，和桂王古城一样成了世代流传的传说。据说，被埋在沙丘下的人们悲痛难忍，不停地哭泣，眼泪汇成一股又一股清凉的细泉，沙坡下的泉水也因此就被人们称为"泪泉"。那口曾被奉若神明的神钟，也在沙坡下不停地自鸣……

听了这个传说，我们都默然。残酷无情的自然灾害，给人类带来的悲欢离合数不胜数。但是，古老而又悲凉的传说和"神钟自鸣"并不能解释清楚鸣沙的原由。据说，专家学者们按照科学原理，对鸣沙现象进行过研究，至今有三种不同的解释：第一种解释是"静电发声"。由于沙坡头地势高，沙山的沙粒在人力或风力推动流泻时，含有石英晶体的沙粒就会互相摩擦而产生静电。当静电放电时，便会发出声响，每一处静电放电的响声汇集起来，就会形成轰轰隆隆的声响。第二种解释是"摩擦发声"。当天气炎热时，沙粒会变得特别干燥而且温度增高。对其稍有摩擦，即可发出爆裂声，众声汇合一起也会形成轰轰隆隆的声响。第三种解释是"共鸣放大"。沙山群峰之间形成了壑谷，是天然的共鸣箱，流沙下泻时发出的摩擦声或放电声引起共振，经过天然共鸣箱的共鸣，放大了音量，也能形成轰轰隆隆的声响，而且长久不息。到底哪一种说法才能解释沙山鸣沙之谜的真相，现在还无法考证。

"每一个来到沙坡头的人，都禁不住要亲身去体验一下神奇的'金沙鸣钟'，也可以说自己制造的歌声。到了沙坡头，你们可以体会一下。"宁夏的朋友这样说。

沙坡头坐落在宁夏中卫市城西20公里处。听了沙坡头这个名字，你就不难想象出它那雄浑壮丽的景观。在汉语词汇中，"头"字不是随随便便可以戴上的。既然叫沙坡头，一定有其背景。果然，一下车，我就被眼前的景象震撼了。在苍茫的贺兰山下，黄河绕了几道圈子，形成了一个巨大的"S"形状，仿佛一条气势磅礴的巨龙。北岸高达百米的陡峭高坡，被从腾格里沙漠吹过来的黄沙厚厚地覆盖，远远望去金光灿灿，一尘不染，如同铺了一层黄金。而沙坡由于高低不平，形成了一道道起伏的弧线，一个个独立的坡头，就像一排排翻腾的巨浪，或者说一座座挺拔的峰峦。如果用千峰竞秀来形容，恰如其分。这里的沙层有七八十米到一百米厚，在全球沙漠中也属于非常罕见，因而被国外沙漠专家、学者称为"世界沙漠之祖"。它一边连接一望无际、苍劲雄厚的腾格里沙漠，一边濒临九曲

◆ 蜿蜒曲折的黄河

十八弯、奔腾不绝的黄河，于是，形成了集山、水、沙为一体、独具一格的景观。大凡到宁夏的人，都会到沙坡头看一看，不仅是看它独具特色的景观，而且感受它的奇妙和奇迹。

"滑沙"，是沙坡头的一大特色旅游项目，也就是宁夏那位朋友说的亲自体验"金沙鸣钟"。沙坡头拥有沙漠积累而成的陡坡，最高处达二三百米。人坐在滑翔板上，从坡上向下滑，速度飞快，如同从天而降，既十分有趣又惊险刺激，同时，也考验人的胆量、锻炼人的意志。这个时候，就能听到传说中的"金沙鸣钟"的声音。尤其是众多人一起滑沙的时候，那声音如洪钟巨鼓，沉闷浑厚，仿佛千军万马奔腾而来。人越多，声音越大；动作越整齐，沙鸣越久。据说，世界所有的沙漠，都没有这种条件，因此，在沙坡头"滑沙"，是在其他沙漠无法感受到的奇妙。如果是在晚间"滑沙"，不仅能听到沙鸣之乐，还能欣赏人体与沙粒摩擦产生的缤纷火花。

我因为心里想着听沙漠唱歌，所以聚精会神地聆听着各种声音。然而，过了很长时间，也没听到传说中万马奔腾，或者说洪峰澎湃的声音，只有沙漠上飘荡而来的驼铃声、黄河上回荡的游客猎奇的呐喊声、众多游人"滑沙"时制造出的沙鸣声，以及从远处山坳中传来的民歌声。我感到不解。宁夏的朋友告诉我，那种铺天盖地、轰轰隆隆、气壮河山一样的声音已经很久没有了。这是因为沙坡头的治沙工作取得了很大的成果，流动不息地吞噬着土地的"沙魔"被治沙工作者套上了"缰绳"，过去导致鸣沙的特殊构造，已经因为人类的治沙努力而发生了变化。

沙坡头沙漠博物馆里陈列着的联合国和国际环境组织颁发的奖杯奖状，向我们打开了了解沙坡头治沙那艰苦卓绝的历史画面。新中国成立之初，国家投资修建横贯大西北的交通命脉——包兰铁路。这条铁路穿过中卫市境，必须六次穿越腾格里沙漠南部边缘地区的总长近56公里的沙漠。其中以沙坡头坡度最大，风沙最猛烈。为了保证这第一条沙漠铁路畅通无阻，避免路轨被沙埋住，从20世纪50年代起，治沙工作者、铁路干部职工、固沙林场工作人员、沙漠研究专家学者和中卫人民一道，历经千辛万苦、千难万险和千锤百炼，研究和探索出了"麦草方格固沙法"。同时，又成功地栽植了多种沙生植物，形成了大片相连的沙障，使铁路两边形成了两道绿色的屏障，有效地控制了沙害的侵扰，阻碍了沙漠继续向东南侵袭。经过几代人将近50年的努力，这项工程终于取得了成功，在铁路两侧巨网般的草方格里长满了沙生植物，在铁路两侧营造起了防风固沙工程，保证了世界上第一条沙漠铁路——包兰铁路——几十年来畅通无阻，安然无恙。可以说，沙坡头这一片绿洲不仅有效地保护了阿拉善沙漠地区的土地，改善了这里的环境，创造出了独特的沙漠生态系统，为生活在这里的人们创造了经济效益，同时，它阻止了沙漠的进程，有效地保护了黄河不被沙漠侵吞，更为重要的是，它为人类治沙提供了丰富的经验。走出沙漠博物馆，看着沙坡头成群结队、游兴浓烈的游客，奔流不息、一泻千里的黄河，生机盎然、巍然挺立的绿树，炊烟袅袅、绿树环绕的村庄……一种排山倒海、气势磅礴的歌声突然而至，让我的心灵感到震撼。我终于明白了，会唱歌的沙漠过去唱的，都是因为面对残酷的大自然而无能为力才产生的"悲歌"，如今的沙漠依然还是会唱歌的沙漠，是在唱着新中国治沙英雄的赞歌，唱着人类进步的赞歌，唱着中华民族伟大复兴的赞歌。只有这样的歌声，才会永远在人们的心中回荡。

沙坡头长城

　　说起对中国印象，很多外国友人，不管是到过中国还是没有到过中国的，必然会竖起大拇指称赞长城。可以毫不夸张地说，长城就是中国的一张名片，一个品牌，甚至可以说中国历史文化和民族精神的象征。

　　实事求是地说，我曾不止一次登上八达岭长城，每次登上长城，一种自豪感就会油然而生。我和很多人一样，始终认为长城绝不仅仅是古代的一个建筑，也绝不仅仅是古时的一道军事防御工程，而是集政治、经济、军事、历史、地理于一身，融会了建筑、文化、艺术、民俗、审美等多种学科，凝聚了中华民族的智慧、知识、血汗以及创造力的一座浩瀚的博物馆。到了宁夏，看了位于中卫市沙坡头旅游区黄河南岸的古长城以后，对长城的认识更加深刻，而这种感觉也更加强烈，甚至超过了以往任何时候。

这道古长城与北京的八达岭长城一样，筑在崇山峻岭之上。刚一看时，我和同行的朋友都误以为那是天然的奇峰。宁夏的朋友告诉我们，那是人工在高山上修建成的石头长城。远远望去，它仿佛一条巨龙蜿蜒曲折，气势磅礴，给人一种横空出世的印象。而在崇山峻岭之间，也就是长城的脚下，则是一泻千里而来的黄河，旁边又是一望无际的大漠，真正是交相辉映，雄奇壮丽，形成一幅天下独一无二的自然景观。难怪有的国外旅游专家赞叹不已地说，沙坡头是"世界垄断性旅游资源"。

宁夏的朋友自豪地说："沙坡头还有一个独领风骚的特点：中国民族精神象征的两条巨龙——长城和黄河同时出现在一个地方。"听了他的话，我和同行的朋友思考了半天，在中国其他地方确实找不到黄河与长城同时出现在一个地方的情况。

据考古学者、研究古代建筑以及研究古代军事的专家学者考证，位于沙坡头的古长城为战国时代秦昭王长城和秦始皇长城。《史记·匈奴列传》中说："秦昭王时，义渠戎王与宣太后乱，有二子。宣太后诈而杀义渠戎王於甘泉，遂起兵，伐残义渠。於是秦有陇西、北地、上郡，筑长城以拒胡。"今宁夏固原以北、中卫黄河以南，春秋战国时地属义渠戎国。秦昭王伐残义渠后将其地并入北地郡。《史记·秦本纪》说秦国"后子孙饮马于河"，指的就是秦国西部、北部疆界已到达陇西、北地的黄河岸边，即今天的甘肃兰州、靖远、宁夏中卫的黄河东岸、南岸。秦昭王修筑"拒胡"长城时，必然要将陇西、北地、上郡所辖地域全部包括于他所筑的"拒胡"长城以内。秦始皇统一六国后，派蒙恬统兵30万修筑万里长城。据《史记·蒙恬列传》载，在"秦始皇已并天下，乃使蒙恬将30万众北逐戎狄，收河南，筑长城，因地形，用险制塞，起临洮，至辽东，延袤万余里"。据《史记·秦始皇本纪》载，在秦始皇三十三年，"西北斥逐匈奴，自榆中并河以东，属之阴山，以为三十四县，城河上为塞"。也就是说，秦始皇在西北地区修筑的长城是沿着洮河、黄河，自西南向东北修筑的，沙坡头长城正在其中。这里的长城，除了依山体陡峭劈凿而成的"城墙"外，更多的地方是用黄土夯筑和山石砌垒，较北京八达岭等处明代的石砌长城，更具考古价值和审美的力量。

听了宁夏朋友的介绍，我心里自然又是一番感慨。我们的先民们，竟然凭借着极为原始、极端落后的生产工具，在崇山峻岭之上完成了极为庞大、极为艰巨的长城这一建筑工程，被一些专家称之为"世界高山建筑艺术的奇迹"。而且让它屹立于中华民族几千年，成为中华民族不朽的精神支柱，以及全人类宝贵的历史文化遗产，真正让后人永远敬仰。

沙坡头古长城后经汉、明等朝代多次修筑，以其雄伟的气势和博大精深的文化内涵，吸引着、感动着一代又一代的文人墨客、守边将士、社会名流等，他们以长城为题材创作了大量的文艺作品，其中"边塞诗"题材尤为广泛，形式多样、动人心弦。唐代边塞诗人李益《登长城》中有"汉家今上郡，秦塞古长城。有日云长惨，无风沙自惊。当今圣天子，不战四夷平"，写出了唐太宗李世民驾幸宁夏灵州，接受突厥颉利等十余部族臣服的太平盛象。短短几句诗，表现的却是一段丰富的历史。唐代诗人江为《塞下曲》中的"万里黄云冻不飞，碛烟烽火夜深微。胡儿移帐寒笛绝，雪路时闻探马归"，写出了守卫边陲的将士的生活以及怀念亲人的那断肠哀切心情。唐代诗仙李白的"长风几万里，吹度玉门关"，则直抒胸臆，赞美、讴歌长城的英雄形象。王昌龄的"秦时明月汉时关，万里长征人未还"，以及王维的"劝君更进一杯酒，西出阳关无故人"则写出了戍边征战，关山行旅的千古绝唱。毛泽东的一首《沁园春·雪》"北国风光，千里冰封，万里雪飘，望长城内外，惟余莽莽……山舞银蛇，原驰蜡象，欲与天公试比高……"更是把长城绚丽的自然风光、长城丰厚的文化底蕴、长城博大的精神内涵和中华民族生生不息的精神表达得淋漓尽致。

长城本身就是一首久唱不衰的诗。一个建筑能达到如此效果，的确引人深思，发人深省。其实，有些记载在书中的历史，日子久了倒成了传说，甚至被后来人在影视中戏说，而矗立在大地上千百年不倒的历史，才是真正的、真实的历史。

沙坡头黄河

　　如果不是事先知道了要看沙坡头黄河，如果不是宁夏的朋友告诉我已经到了黄河边上，脚下就是黄河，我真的不会相信这个类似于太极形状的弯弯的河流就是黄河。

　　在我的印象中，黄河应当是巨浪翻滚，奔腾不羁，一泻千里，大气磅礴……而眼前的黄河，却是平平静静，温柔敦厚，甚至有些温文尔雅，就连河中不时跳跃的浪花，也像一个姑娘在跳着轻松欢快的舞步。一时间，我脑海里甚至于闪过了一个大大的问号：这是黄河吗？

　　宁夏的朋友告诉我，黄河是穿过腾格里沙漠东南边缘进入宁夏境内的。这就是说，它是正宗的黄河，而且是黄河的主流。

　　"为什么这里的黄河那么温顺？"我不由得问道。自古以

来，歌颂黄河的诗词歌曲层出不穷，可以编成厚厚的一本黄
河大典。"黄河之水天上来，奔流到海不复回"那句千古奇唱，
影响了一代又一代人对黄河的认识。不过，千百年来文人墨
客们笔下的黄河大都是一泻千里、奔腾澎湃的黄河，排山倒海、
声震云天的黄河，性情暴烈、桀骜不驯的黄河。我也曾见过
流经兰州市区的黄河，宁静而婉转；流经郑州的黄河，宽广而
平坦；流经济南的黄河，张扬而带着野性……但是，像沙坡
头黄河这样温顺的还是第一次见到。

　　宁夏的朋友指了指周围的高山、沙漠，意思是让我看一
看这里的地理环境。我观察了一会儿，果然明白了一些奥秘。

◆ 静静的沙坡头黄河

从青藏高原一路奔腾而下的黄河，就像一匹脱缰的野马，遇山越山，逢岭越岭，劈山越谷，汹涌澎湃。然而，当它流到黑山峡时，却被迫来了一个急转弯，大自然强大的力量，好像给怒涛汹涌的黄河安装了一个"刹车闸"。到了宁夏中卫城西 20 多公里处，又进入了一个长长的峡谷。这个峡谷崖壁陡峭，峰回路转，几乎没多远就是一道弯，原本一路畅通的河水，遇到弯就是遇到了障碍。过一道弯，浪潮就会减弱一些，这样，到了沙坡头就变得温顺了。由此，我想到了做人何尝不是如此。再正直的人，遇到一次次挫折的时候，也会改变性情。

黄河的性情在沙坡头改变了，直接影响到了腾格里沙漠。它也一改飞扬跋扈的性情，沙石一往无前飞扬的情景在这儿也看不到了，而是平静地像一片金黄的湖水，让你忍不住想亲近它、抚摸它。

在沙坡头黄河两岸，我和同行真正体会到了"天下黄河富宁夏"。在这条长约 10 多公里的峡谷中，黄河静静地流，两岸绿树成行，又因地势的高低呈现出层层叠叠，仿佛起伏的波浪，倒显得蔚为壮观。如果用千峰竞秀、百谷争幽来形容，一点儿也不过分。在沙坡头横"S"型的怀抱中，有一片类似岛屿的土地，土地上种的庄稼格外青翠，果树上挂满了丰硕的果实。我们去的时候是 5 月底，正值果树飘香的季节，站在河堤上，微风吹来一阵阵醉人的清香，让人心情舒畅。即使乘坐羊皮筏子在河里漂流时，也能在河水里嗅到水果的香气，仿佛河水也被水果熏得清香了。

宁夏的朋友告诉我们，早在 2000 多年前，宁夏人就开始驯服黄河、让黄河为民造福的实践。他们凿渠引水，灌溉农田，至今在沙坡头黄河河道的中央还留有当年筑起的一道 2000 米长的堤坝，以及两架高高大大的水车。这道堤坝是为引水分流而筑的，水车则是从黄河中提水用的。那时的宁夏非常富庶,因而有了"塞上江南"的美誉和"天下黄河富宁夏"之说。到了新中国成立后 20 世纪 50 年代，宁夏人又在沙坡头这里创造出了"麦草方格固沙法"的治沙经验，让包兰铁路从沙漠之中穿过，成功地创造了"沙漠走火车"的世界奇迹，被联合国授予环境保护"全球500佳"称号。

听了宁夏朋友的介绍，看着眼前美丽的景象以及包兰铁路上奔驰的列车，我终于明白了"创造奇迹"这个词的深刻含义。同时，我也明白了，人们的智慧、勇气、力量是在与大自然灾害抗争过程中逐渐结晶的。

沙坡头黄河，一个温顺的童话。

黄河水车

壮哉！这是我在宁夏中卫的沙坡头第一眼看到黄河水车时，从心里涌出的声音。

小时候，我曾在运河边上见过水车，后来，在南方出差时也见过水车。但是，那些水车大都立于河边、湖畔，非常小巧，脚踏式的。我见到过最大的水车是在荷兰，那水车的确是高高大大，然而，与黄河边上的水车相比，则是不能等同了。荷兰的水车贮立于田野上的小河边，与一片片绿色的田野组成了一首浪漫的田原诗，而黄河边上的水车则是挺立于黄河边，仿佛从黄河中耸起的巨人，更显得雄伟壮观，气势磅礴。

人类的生存历史，从某种意义上说，是不断发明，不断创造的历史，那么，人类所有的生产工具，都可以称之为人类智慧的结晶。以黄河为例，羊皮筏子是人们用来在黄河中行走、运载的工具，水车则是人们用来提水灌溉农田的工具。据《朱史·河渠志五》记载："地高用水车汲引，灌溉甚便。"由此可以断定，我国劳动人民使用水车灌溉的历史相当漫长了。据宁夏的同志介绍，宁夏黄河水车，早在西夏以前就开始使用。我们从水车的结构、造型、实用效果就不难看出，黄河岸边的人们在发明水车时的确是费了一番心思。它是借助水力，推动水车轮子上的叶片，把水从河里提起来，然后再倒到水渠里，通过水渠对农田进行灌溉。你可以想象得到那样一幅美丽的景象：飞快旋动的水车，卷起一道道龙飞凤舞般的水流，从半空中直下水槽，然后轻松活泼地流向风光如画的田野……多么美丽的风俗画卷，多么美丽的山水。从这一点上说，水车是一种黄河文化，或者称之为民族文化也丝毫不过分。

位于宁夏沙坡头黄河边上的两架木式水车，是那种大圆形的轮式。据说它有 8 米多高。由于贮立于黄河岸边，依水而矗，加之背靠双狮山，显得十分壮观。聪明的黄河儿女又在水车边修建了码头，作为黄河漂流的起始点，因而每天吸引着大批中外游客。我们在水车前参观时，就看到不少外国游客一边把水车作为背景拍照，一边用他们国家的语言赞不绝口，神情中也流露出对水车的景仰。我想，他们景仰的不单纯是水车的雄伟壮观，还有黄河儿女的聪明才智、文化底蕴，以及中华民族生生不息的创造精神。

过去，水车是黄河沿岸人民引水灌溉的主要工具。很多

◆ 雄奇的黄河水车

地方都有水车。从甘肃与宁夏交界处的北长滩村到常乐镇水车村，沿黄河黑山峡顺流而下40多公里的河段里，曾经有10多座水车遗址、遗迹，形成了一幅山水长卷般的水车画廊。在沙坡头古渡下游五六公里处，有两座充满浓郁塞上风情的清代水车遗址。一直到20世纪80年代，那12架古老的水车还矗立在黄河岸边，当地的农民还用水车灌溉农田。直到20世纪90年代，随着电灌的使用，水车才结束了自己在黄河水利上的使命，逐渐退出了历史舞台。但让人遗憾的是，一个被称之为"水车村"的地方曾有6架古老的水车，却被当地农民无情地拆除。那些曾经承载过黄河岸边老一代人梦想和追求，给黄河儿女带来过幸福和延续的水车的木材，被作为他用，有的甚至被当作了烧火材料……听到这里，我感到一阵心痛。

然而，再仔细一想，也大可不必悲伤。作为黄河文化的一个组成部分，水车并不一定以其数量来衡量。沙坡头黄河边上的那两架古老的水车，完全可以代表黄河水车的形象。

雄性的花棒

　　小时候吃过花棒，也称爆米花。在我们做孩子的20世纪五六十年代，吃花棒无疑是一种奢侈。也许正因为如此，花棒一直是我记忆中的一种美好的形象。

　　这些年，花棒舞、花棒操、花棒秧歌等冠以花棒名字的各种体育项目多了起来，我才了解，花棒舞原来是传统的文化项目，历史相当悠久了。而这些项目，无不与人的生活有关。因为，不管是健身需要，还是娱乐追求，毕竟都是为了提高生活和生命质量。我曾看过一则报道，武汉等城市举办过花棒操大赛，报名参加者如云，观看比赛者如潮。可见，它在民间的影响深远。

　　到了宁夏的腾格里沙漠，认识了沙漠中一种叫做花棒的花，我深深地感悟到，生命不仅仅因存在而宝贵，比存在更宝贵的是境界。

你也许会想象，那长在死亡之谷沙漠里的植物，一定高大雄伟，昂首挺拔，不然怎么能在沙漠里生长呢？其实，沙漠里的花棒娇小玲珑，叶片细小，花朵也不硕大丰满。我第一眼看见它时，甚至怀疑是人们摆在沙漠里的花坛。沙漠是举世公认的人类公害之一。一提起沙漠，眼前浮现的就是黄沙飞扬、天昏地暗，而且猖狂地吞没良田庄稼，无情地掩没城镇村庄……关于沙漠化的报道更是让人触目惊心。在这样恶劣而又悲惨的环境里，怎么能开出鲜艳夺目的花朵呢？但是，当我走近它，轻轻地抚摸着它新鲜而又盎然的枝条，一种生命的蓬勃朝气直扑心肺，我这才相信它的确是生长在沙漠里。

花棒又名细枝岩黄芪、花子柴、花帽和牛尾梢等，为蝶形花科岩黄芪属落叶大灌木。在生态学上说，花棒为沙生、耐旱、喜光树种，适于流沙环境，喜沙埋，抗风蚀，耐严寒酷热，枝叶茂盛，萌蘖力强，防风固沙作用大。花棒根系非常发达，而且扎得较深，根基坚固。它的生命力顽强，既不怕狂风暴雨，飞沙走石，也不惧烈日暴晒，天寒地冻，即使折断了枝条，还能复活，新梢能穿透沙层，吐露新芽，而且越压越旺，一般沙埋梢头达 20 厘米时，仍能萌发新枝，穿透沙层，迅速生长。花棒还具有良好的改土效果。花棒的花期较长，在当年新枝上形成花芽，盛花期为 7 ~ 8 个月，树龄则可达 70 年以上。

宁夏朋友告诉我："我们对花棒怀着一种深深的敬意。在宁夏，尤其是在沙漠地区，人们称花棒为'沙漠娇娘'。银川、中卫等地，每年都要举办花棒情人节。国内外前来参加花棒节的青年每年都以四五位数增加。"

不过，我对"沙漠娇娘"这个称谓并不赞成。我觉得，花棒只是从它粉红色的颜色看，像是位娇娘，但是，从它的性情、它的气质看，却更像男子汉，就是形象也颇具阳刚之气、浩然正气。如果称其为"沙漠英雄"可能更贴切。当然，这只是我的一家之言罢了。

关于沙漠花棒的诗有很多，我比较喜欢一位年轻的蒙古族女诗人的诗。她在诗中写道："说到大漠　说到孤烟／说到长河与落日／我就来到了这里／站在腾格里沙漠的最南端／我已找不到语言　在这里／只想坐下去／任时间流转——／静静地坐成一株花棒　不求卓越／只求风姿　在茫茫的戈壁滩／坐成一株花棒　摇曳着满枝头的小铃铛／我的爱　你来么／有一天　仿佛做了一个梦／我以轻风的手　指给你看／远去的驼队　古丝绸之路　看落日　看余晖　听风是怎样吹／潜藏积聚的水饮你　以一株植物的身份／而我，决不叫出你的名字。"诗中那句"静静地坐成一株花棒……"我理解，这位年轻的女诗人表达的是一种境界，是一种精神。这就是花棒的精神。

悲壮的人生

　　大概是在 2003 年，深圳的一位朋友带我到一位业余摄影爱好者家去做客。一走进宽阔的大厅，看见墙壁上挂着这位大姐的摄影作品，其中一幅胡杨树的照片吸引了我的注意力。那是一棵苍白的树。头顶是落日的余晖，脚下是辽阔的沙漠，昂首挺胸，气宇轩昂，仿佛一位顶天立地的英雄。大姐说她很喜欢胡杨的精神气质，对胡杨怀有一种深深的敬意。

　　到了腾格里沙漠，看到了胡杨树，我对胡杨和那位大姐的话加深了了解。

　　当我们乘坐着用来沙漠冲浪的吉普车，在沙漠里忽高忽低，如同在惊涛骇浪中行驶时，我发现约一百米外的沙漠之中，有几株枯树。说它们是枯树，是因为它没有一片绿叶，甚至看不到一丝绿意，浑身上下只剩下苍凉厚重的沙土的颜色。它们有的一棵一棵独立，有的几株相拥，躯体虽然高大，但弯弯曲曲，甚至半压在沙中。如果不了解的人，一定会把它们看作遗弃在沙漠里的远古时期的化石。

宁夏的朋友告诉我们，这就是胡杨树。被人们称为"沙漠里的英雄树"、"最美丽的树"，还有的人称之为"沙漠脊梁"。这里的树，的确是已经死亡了几百年的树。

"死了几百年，还能如此挺立？"我感到心灵震撼的同时，也有几分不解。

宁夏的朋友感叹地说："胡杨树生而不死一千年，死而不倒一千年，倒而不朽一千年。在沙漠中，经常可以看到这些已经死了，但仍然不倒的胡杨树！"

听了宁夏朋友的这句诗一般的介绍，我不禁对胡杨树肃然起敬。我张大眼睛，看着这几棵胡杨树。它们有的已经被黄沙掩埋了半截身体，但仍然坚强不屈地巍然挺立。再看看它们瘦骨嶙峋、苦难深重、饱经风霜的身躯，无不是疮痍满目，伤痕累累，突然，我看见胡杨树的四周，有一片绿色。那是一种什么样的绿色啊？它绝不是用生命能风中的胡杨林够概括的一种绿色。那一片绿色与胡杨树的枯老形成的对比十分强烈。我明白了，这些绿色是从胡杨正在腐朽的怀抱里成长出来的。在千百万年的历史进程中，有多少株胡杨在黄沙中

◆ 风中的胡杨林

掩埋，而被掩埋了的胡杨，之所以千年不朽，是在用自己正在腐烂的身躯作为养分，默默地培育着新的生命。胡杨的老树根可以向侧面伸出去几十米远，每一条根上都能发芽长出新的小苗，再由小苗长成小树。植株盘根错节"互助"式防沙固土，胡杨的种子，借风力四面传播轨道繁殖，使胡杨树由一丛丛向一片片波浪式繁衍开来，直至笼盖一座山，一片沙域。

据介绍，胡杨又名异叶杨，亦称"胡桐"，是西北沙漠中生存最悠久、最古老而且最坚强的树种，距今已有 6000 多万年的历史。它能忍受荒漠中的干旱和多变的恶劣气候，生存能力顽强。据史料记载，早在秦汉时期，沙漠地区就开始大量繁衍胡杨树等树种。胡杨甚至成为河西著姓的一种图腾象征。如，西凉王李皓就将自己世子李歆的乳名取为"胡桐榷"（胡杨那时称"胡桐"）。《晋书》中载入的《西凉谣》中有"胡桐榷、不中穀"的句子，就是劝谏李歆的。《汉书》作者班固在他的《汉书·西域传》中，将其称之为"梧桐"。唐代以后，由于屯田的规模日益扩大，沙漠地带不断被开垦，导致胡杨等生态林退缩。明清以后，腾格里沙漠腹地胡杨林不断消失。到了 20 世纪末期，腾格里沙漠中幸存的胡杨林已屈指可数。现在中国最大、最古老的胡杨林区在额济纳一带，仅残存 40 万亩野生胡杨林。整个河西地区现存胡杨林不超过 80 万亩。

面对在沙漠中死而不倒，挺拔屹立的胡杨树的英姿，任何一个人都会肃然起敬。它们生前，身处狂风飞沙、干旱缺水、盐碱化等恶劣的生存环境，不屈不挠，顽强生存。它们胸怀宽广，能够无私地与红柳、柠条、枝棱、沙棘等各种植物团结一心，风雨同舟，牢牢锁死一座沙丘，扼制了流沙，守住了家园。胡杨的种子，借风力被吹到远处，又被驼驼草、白草等挂住，给种子以阴凉、水分，使种子很快发芽生长，不久成为另一座沙丘上的胡杨树。它们坚韧不拔，锲而不舍地同风沙斗争。它们无私奉献、不计浮名、崇尚实干，造福一方，默默无闻地守护着一座座城市、一个个村庄、一道道绿水、一片片农田。它们信念坚定，即使死后千年，仍抱定抗风斗沙的信念，以生前的姿态阻挡着沙漠的进攻。就是朽了，也不烂，躯干下边还压着一片沙子。这是一种什么样的理想、信念？什么样的生命？从某种意义上说，胡杨树的理想、信念比人坚强。人类中为了理想、信念坚持一百年一千年的有多少？我忽然明白了，胡杨树同历史上一切抵御外患的民族英雄及革命斗争年代为了人民幸福英勇牺牲的英雄们身上焕发出的大义凛然、不屈不挠、慷慨赴死的气节是一脉相承的。

从胡杨树悲壮的一生，我更加理解了"英雄"二字的沧桑厚重和深刻内涵。只有信仰坚定的人，才能成为真正的英雄。

◆ 红柳

◆ 沙棘

◆ 柠条

在黄河上漂流

在过去，"漂流"这个词与我们这些普通百姓距离很远。它用在专业上，是给那些称得上勇士、在大江大河上的探险者们的褒奖；它用在生活中，则往往是对那些四海为家的流浪者的贬责。近年来，这个词同旅游一起，越来越多、越来越频繁地出现在很多人的生活中，而且成了一种时尚的旅游项目。在宁夏中卫的沙坡头，几乎所有到来的游客，都对黄河漂流报以浓厚兴趣。

在沙坡头黄河漂流，乘坐的工具是羊皮筏子。

羊皮筏子是黄河所特有的一种古老的水上交通工具，在很远的古代称之为"排子"。它之所以为黄河独有，是因为制作羊皮筏子需要质地好的羊皮气囊。羊皮气囊则需要把羊皮整张地剥下来，经过加工熟制，再用绳子捆扎好四肢和颈部的口，然后充足气，宁夏当地人，以及黄河岸边的人把它叫做"浑脱"。羊皮气囊充足了气，捆在木排上也是有讲究的，一般来说注重均匀，比如十四个羊皮气囊通常捆成三排：中间捆四个，两边各捆五个。根据不同的需要，羊皮筏子可大可小，用的羊皮气囊也有多有少，组合形式灵活多样。羊皮筏子不仅制作简单、方便，操作起来也轻便灵活，搬运更是十分方便。我们从电影电视里经常可以看到，那些黄河筏工们到了岸边，两个人不费太大力气就能抬起羊皮筏子，力气大的，一个人就可以背起来。

我们一行人分乘了四只比较大的羊皮筏子。每只筏子上，包括操作的筏工一共五个人。登筏子之前，每个人都发了橘红色的救生衣，以备非常之需。这也是对游客的一种心理安慰或者说鼓励。我看到不远处有一拨准备登筏子的游客也在系救生衣，其中一对年轻夫妇共同在为女孩子穿救生衣。那个女孩子倒是毫不在乎，兴奋不已、急不可耐地朝筏子上跳。这时，我不由想到，每个人对生命都是非常珍惜的，因此，每个人在履行社会分工的职责时，都应当尽可能地关注、尊重他人的生命安全。

待我们大家坐稳后，操作的筏工拿着桨轻轻地划了两划，羊皮筏子温驯地离开了岸，轻盈地向河心悠悠飘去。随着筏子离岸边越来越远，筏子上的人们也变得千姿百态。胆子大

◆ 乘羊皮筏子漂流

点的男人们，有的在兴致勃勃地拍照，有的用手触摸河水；谨慎的女人，有的把孩子抱得更紧，有的指着四周的风景向孩子解说。最无所畏惧的是那些从都市来的孩子们。他们有的唱有的跳，一副初生牛犊不怕虎的样子。他们的情绪感染了大人们，也感动了黄河，河上一片热情洋溢。

浑黄的黄河水轻轻地拍打着筏子的边缘，平缓地流淌着，不急不躁，不慌不忙，从容而又平静。在羊皮筏子带起的一个个大大小小的旋涡中，随着水流的旋转，一圈圈的花纹开得灿烂夺目。我把手伸进河水中，随着筏子向前滑动，感受着黄河水那略微带着凉意而又混混沌沌的质地。当我淘起一捧水，看着水从指缝中悠悠流过，心中更是感叹：这就是黄河母亲的血液啊！它流淌了千百年，养育了一代又一代炎黄子孙，无怨无悔，然而，它养育的儿女们中，却总有那么一些不肖子孙层出不穷。

我的目光移到河岸上。在黄河岸边的一些沙窝窝里，还有顽强的植物正在茂盛地生长。它们生根在沙窝中，只要有一点点水，就阻挡不了生命的脚步。而其中就不乏沙漠上顽强的生命——沙柳、沙蒿，它们有的成群成簇，有的独自一棵屹立于沙海之中，地上一米的灿烂生机要依靠地下几十米的根系吸收的水分，可见其生命力的顽强。正是它们用弱小的身体，挡住了风沙对母亲河的侵袭。而这些生长在黄河岸边沙窝中的沙柳，更是没有辜负母亲河的养育，每一株都在肆意地绽放着它们的生命力。相比起生活中同样喝着黄河水长大的一些人来，它们的胸怀更宽广，信念更坚定，也更知道感恩。

与沙坡头隔河相望的山峰名为香山。据当地传说，香山在远古时并不是这个美丽的名字。大约到了唐代，随着丝绸之路的形成，沙坡头一带成了重要的交通枢纽和居住点。人们为了祈求平安，经常到山上的庙宇去烧香拜佛，山上终年香气飘浮，加之山上有许多沙枣树和奇异的花草，山麓河畔一片郁香，就连空气中都飘荡着一股香气，因而那山得名"香山"。时至今天，到了春夏秋季，游客站在沙坡头上，仍然会感到香风四溢，沁人心脾。

在筏子上漂流的时候，耳边不时响起筏工的歌声，是号子，还是小调，抑或宁夏的花儿？我们不得而知。然而，在河上坐着漂流的筏子，望着两岸苍凉的风景，谁都不能不吼叫几声，而那粗犷的吼声一直久久地回荡在我的耳中、我的心里……其实，漂流的快感并不仅仅是激流险滩才能带来，还可以有另一种悠闲而深沉的韵味。

置身滚滚奔流的黄河波涛之上，我直接触及黄河之魂，因体验黄河的冲击、刺激、快感而兴奋不已。

青春丰碑

20 世纪 80 年代，有一首名叫《丹顶鹤的故事》的歌曲在中国大地十分流行，歌中歌颂的那个为救一只丹顶鹤牺牲的东北女孩，感动了整个中国。如今当我在以治沙工程而被誉为"世界奇迹"的宁夏中卫沙坡头，听说曾经有两位风华正茂的女大学生，在治沙过程中被黄沙吞噬了生命，不由得对她们，对她们所处的那个年代充满了敬仰。

我上山下乡时是在黄河故道一个果园。所谓黄河故道，就是黄河曾流经的河道。清咸丰年间黄河自河南铜瓦厢决口，改道入海，被黄河遗弃的河道，逐渐变成了一片不毛的沙滩。风沙起时，铺天盖地，吞没村庄、良田。新中国成立后的 50 年代，一批复转军人和研究人员、大学生，来到黄河故道治沙，经过一次次失败，一次次磨难，终于在故道上建设起了一座座果园，让干涸的黄河故道变成了花果飘香的彩色河流……我那时刚刚开始搞文学创作，曾采访过几位老技术员。他们讲述的治沙故事，曾让我一次次热泪盈眶，热血沸腾。黄河故道充其量只能称为沙滩，与沙漠比较也不过沧海一粟。

据说，中科院治沙队是骑着骆驼来到沙坡头的。那是1956年，年轻的新中国还处在困难阶段，科研条件、生活条件都相当艰苦。那也是一段激情燃烧的岁月，无论是身经百战的军人，旧中国过来的专家学者，还是刚刚走出校门的年轻的大学生，都为能参与新中国的建设，为祖国的繁荣富强添砖加瓦感到无上荣光。建功立业是那个年代年轻人的崇高理想。陈旧的资料和旧照片在向我们讲述着一个个场景。那时的沙坡头刮风的日子多，小风天天有，被子、衣服、鞋袜甚至鼻子、耳朵里都是沙子，吃的饭和喝的水中也都是沙子；大风三天两头光顾，沙尘暴铺天盖地，帐篷、设备、生产工具常常被吞没，人也经常被埋在黄沙里。那两个女大学生每天也在饱尝艰难困苦。但是，她们坚持了下来，而且用热情给沙漠带来了欢声笑语。治沙进展并不顺利。它毕竟是世界上的一大难题！叹息和失望常常在沙坡头蔓延。

有年轻人的地方，就有热情，就有欢乐，就有勇气，就有创造。尤其是在那个年代里，敢教日月换新天的年轻人创造出了一个又一个前无古人的伟大业绩。在沙坡头治沙研究所

◆ 麦草方格固沙法被称为世界治沙创新

里，也有一批年轻人。有一天，几个年轻人把麦草半埋在沙
山上，摆出了"中卫固沙林场"几个大字，有的说是为了鼓气，
有的说是用来消遣。没多久，一场沙尘暴袭来了。沙尘暴过
去后，就在人们以为外面的世界还会像从前那样改天换地、
面目全非之时，一个奇迹发生了：那面沙山坡上的"中卫固沙
林场"几个麦草大字依稀还在，一场沙尘暴过后，这座沙山
几乎没有移动！这个奇迹一下子点燃了研究人员的思维火花，
于是大规模的麦草固沙试验开始了。经过反复试验，终于摸
索出"麦草方格沙障"的方法，即在流沙表面用麦草、稻草
扎成 1 米 ×1 米的草方格，使流沙不易被风吹起，达到阻沙、

固沙的目的，在麦草方格上栽种沙蒿、花棒、籽蒿、柠条等沙生植物，建立起旱生植物带，营造挡沙树。除了固定沙丘，研究人员还建起了四级扬水站，将流经沙坡头的黄河水引到沙丘上，提高了林木的成活率。40多年来，一代又一代的科技人员和工人们在高大裸露的沙丘上，扎设方格草障82.6万亩，栽种沙生和抗旱乔灌木5512万多株。由卵石防火带、灌溉造林带、草障植物带、前沿阻沙带、封沙育草带组成的"五带一体"的治沙防护体系，在沙漠铁路的两侧递次展开，一条护卫着铁路的绿色长廊出现在腾格里沙漠上。包兰铁路得以40多年安全运行，畅通无阻。在固沙护路的同时，科技人员和工人们还夷平了上千座沙丘，开垦出2000多公顷沙地，引黄河水栽种了苹果、梨、桃、葡萄等果树，在铁路边建起了一座沙漠果园。

新中国成立以后，任何一项建设都要付出艰难困苦甚至于牺牲。这些年，有的文章诋毁新中国成立初期十几年的建设成就，说是把国家和人民搞得很贫穷。他们没有想一想，新中国从旧中国接过来的是一个富裕国家吗？经过十几年的建设，是比新中国成立之前更穷了吗？如果连这样基本事实都不承认，不仅是否定哪一个领袖人物，而且是否定在那个火热的年代里贡献了青春，甚至牺牲了生命的一代人。沙坡头治沙过程中，就有数位专家学者、工人牺牲了生命。一个女大学生，在沙尘暴袭来的时候，正在进行地质勘探，被狂风卷进了沙坡头下的黄河水中。她的一位同伴跳进水中营救，不幸，这两个年轻人都被卷进了旋涡，无情的风浪吞噬了她们的青春。

看着沙漠上一株株坚强、挺拔的花棒，我仿佛看见那两位年轻的女大学生的眼神：她们骑着骆驼第一次进入沙漠时惊奇的目光；大风卷起帐篷，流沙埋了她们半个身子，她们从黄沙中钻出来时惊恐的目光；每天黄昏，她们在黄河边上观看"长河落日圆"时赞叹的目光；看着自己与同伴们在沙漠上种出的第一片新绿时，她们骄傲的目光；在被黄河水卷走，生命垂危时流露出的对这个世界眷恋的目光……我的眼睛湿润了。

这时，沙漠上的一片片绿色，在我眼中变成了一座座丰碑。其中，就有她们的青春身影。

人在青年时代，不能没有理想。有理想的青年，才是国家的希望。

沙漠落日

　　唐代诗人王维曾有两句脍炙人口且经久不衰的诗句："大漠孤烟直，长河落日圆。"但是，对于这两句诗描绘的优美而传神的意境，多年以来也有人以为这样两句诗凑在一起是为了对仗，或者是诗人构思的奇妙意境。然而，到了宁夏的沙坡头，你会真切见证这一壮丽的景象。

　　沙坡头古时称沙陀头，元代称沙山，地处腾格里沙漠的东南缘，黄河的北岸。由于浩瀚无垠的腾格里沙漠一路向南扩张，直至黄河岸边才戛然而止，因此形成了沙坡头背依沙漠、面朝黄河的奇观。事实上，沙坡头确实与王维和他的那两句千古名诗有着深厚的历史渊源。据史料记载，开元二十五年（公元 737 年），唐玄宗命王维以监察御史的身份出塞，宣慰战胜吐蕃的河西节度副使崔希逸，并沿途察访军情。王维途经沙坡头时，正值夕阳西下，无际无涯的大漠中，一座座烽火台上的缕缕孤烟直上青天，而此时，好似玉带绵延的黄河之上，落日浑圆，极尽壮美。诗人王维第一次见到这种情景，顿生豪壮之情，挥毫写下《使至塞上》："单车欲问边，属国过居延。征蓬出汉塞，归雁入胡天。大漠孤烟直，长河落日圆。萧关逢候骑，都护在燕然。"整首诗句句意境雄浑，"大漠孤烟直，长河落日圆"两句最为气势浩荡，意境幽远，可谓点睛之笔，是通常所说的"诗眼"。王国维曾拍案叫绝地赞之为"千古壮观的名句"。

然而，今天的沙坡头，与王维当初见到的沙坡头已完全不同。当年沙涛起伏、苍茫无际的大沙漠，以及九曲十八弯、滔滔不绝的黄河依然还在，但沙漠不见了黄沙飞扬，黄河不见了奔腾咆哮。从远方横穿腾格里沙漠的铁路，沙海之中人造绿色长城，汇集成自然的与人类创造的、绿洲的柔美与沙漠浩瀚等多种景观为一体的奇妙景象。不远处山上的长城也依然巍峨屹立，烽火台依稀可见，而烽烟却不会再有。这时，你可能会因为看不到"孤烟"而感到一些失落。不过，我对王维笔下的绝美景致情有独钟，所以留恋地等待着慕名已久的沙漠落日出现。

渐渐地，西沉的太阳收起光芒万丈的翅膀，天地之间的云层开始不停地换着晚礼服，一会儿淡黄，一会儿橘红。四周的各种景观也随之变脸。青山仿佛披上了金黄的盔甲，如同即将出征的将军，更加威武雄壮；黄河像涂上了一层浓妆，显得妩媚动人；就连沙漠上的花棒等各种植物，也纷纷地披红挂花，粉墨登场，准备与太阳做一次热情的告别。变化最大也最为辉煌的当然还是沙漠。此时的沙漠，如同金色的海洋，熠熠生辉。一队晚归的骆驼突然间出现在远方线条优美的沙丘上，它们脖子下的大铃铛依稀可见，缥缈的驼铃声叮咚可闻……这时的沙漠，与太阳的情感表现得更加淋漓尽致。你这时才能体会到，世界上不仅是人，还有万物都离不开太阳的恩泽。我和几个同行，情不自禁地扑在沙漠上，感受着它带给我们的神奇和美妙。

在太阳挨到地平线的那一瞬间，如纱似幔的云霞一下子变得颜色鲜活起来，各种暖色系的色彩轮番浸染着天边的一片锦绣，深深浅浅变化万千，即使最巧妙的染匠也难以描摹它的神采。在这灵透的天空与缤纷的云霞陪衬下，浩瀚的沙漠上那些稀稀落落的沙生植物开始在晚风中翩翩起舞。连绵不断，像波涛起伏的沙丘的轮廓和曲线越来越明显，形状千奇百怪，乍看，像千军万马即将启程。

浑圆的太阳在片刻的迟疑后，终于还是落到了地平线下，

◆ 壮观的 "长河落日圆"

广阔的天空只剩下了一片灰暗。夜风随之而起，把最后一丝太阳的余温消散在空气之中。脚下的沙纹也开始随着夜风而慢慢涌动，片刻间就淹没了我们背后那些深深浅浅的脚印，那一片平静就如同千百年来未尝有人踏足其上过。突然之间，我产生了一种想拥抱太阳的强烈的冲动。

感谢沙漠落日，让我更懂得了光明的珍贵。

塞上小城

晚饭后，我们在彭阳县城散步。

没有高楼大厦，街道也不宽敞，一切都是那么的平平常常。落日的余晖在小城大街小巷里激动地跳来跳去，仿佛在与小城的人们做一次短暂的告别，又好像在向小城的人们传送夜晚即将来临的信息。这时，可以看到有的人家在收拾晾晒在屋外的衣服，有的人家在打扫门前的垃圾。一辆摩托车从我们身边缓缓驶过，停在不远处的铺子门前。男的打开卷帘门，女的手里还拎着一个盛饭盒的提袋。看样子，他们是准备开门营业。陪同我们的彭阳朋友告诉我，在这个塞上小城里，白天上班，下班后开夜市的人不少。这让我觉得十分感动。人，为了生活得更美好，更富裕，真是不辞劳苦！由此，也可以看出黄土高坡上的人们生活的艰苦和坚强。

　　彭阳县城有一条主街。这条街既不宽阔，也没有经过装饰，或者说粉饰，各种各样的店铺以及街上走动的人们，甚至空气中都飘荡着清闲的乡村气息，看上去土里土气。正是这种浓郁的黄土气息，才让这条街道显得与土地亲密无间，换句时髦话说是原生态。质朴，是小城留给我的深刻印象。

　　小城挨着一座山。这座山不高，用不显山不露水来形容非常恰当。整个山都被浓厚的绿荫覆盖着，仿佛一把撑着的绿伞。就是这样一座山一片林，净化着小城的空气，排解着小城的烦躁，呵护着小城，给小城增加了许多的温存，许多的清新，许多的明媚。小城的人们对这座山、这片绿荫充满了感激。多少年来，每年植树季节，不用动员，不用号召，更没有发奖金这样的金钱行为，没有政府行政命令的方式，小城的人们扛着锹，挑着担，成群结队地来到山上，种下一棵棵新的生命。彭阳的朋友告诉我，在那些日子里，从早到晚，种树的人们络绎不绝。上至白发苍苍的老人，下至戴着红领巾的孩子，那场面，那情景，让谁看了都会感动，都会激动。由此可以看出，小城的人们把这座山，把满山的绿色与自己的生命紧紧地连在了一起，与它和谐相处。据说，有一次，一个老人在山上发现了树上有病虫。老人竟然在山上林中待了整整一天，一棵树一棵树地检查病虫，忘记了回家做饭。

　　我们走在山坡下的路上，山上飘过来一阵悠扬的歌声。在绿荫之间，歌声是那么清脆、那么生动。我相信它会在每一个枝条上都留下想象。

这座小山，就像一座丰碑，挺立在小城天地之间。

从山上下来，我们经过一家电影院。正是电影开映之前，人们正在陆续进入。有扶老携幼的，有抱着孩子的年轻夫妇，有脸上略带着涩的年轻恋人，还有一些在城里务工的农民……门口，几个卖零食点心的小摊前也围着一些人。人们轻松地谈笑着，脸上写着平静。一切都是那么平淡，那么从容。

回到宾馆，我开始觉得有点失望。因为这座塞上小城太平淡了。然而，仔细一想，平平淡淡、从从容容不仅是一种生活态度，更是一种享受和乐趣。

西海固的儿子

　　彭阳县委书记和我们见面以后，先是一番客套话，诸如欢迎各位前来指导，等等，然后就是捧着铅印的讲话稿，一丝不苟地读起来。那稿子是事先准备好的，基本情况、改革开放取得的成绩、经验或者体会、下一步规划，云云。他一本正经的样子，抑扬顿挫的口气，以及他两边坐着的当地官员们一脸严肃、认真的神情，让人很容易想到"千人一面"、"千篇一律"这些形容中国官场的词句。其实，他的那篇讲话稿，不知向来访者讲过多少遍，充其量就是改了前边的称谓和日期。这也是中国的一个特色。中国官场复制品太多了。明明有了文字讲话稿，让大家看不就可以吗？不行，非得再讲一遍，讲话的人几个小时下来气喘吁吁，大汗淋漓，听的人也又累又烦，直打瞌睡。所以，有的地方严厉批评甚至处分会上打瞌睡的，我就有不同意见。你怎么不检讨一下自己会议太多、太长、太滥呢？

记得小时候，听老人们讲过一句顺口溜，叫"国民党的税多，共产党的会多"。这话一听就明白，不需要解释。几十年过去，我在地方调研时，听到基层干部抱怨最多的，会议多仍然是重要一条。有的地方甚至于占了基层干部三分之二的时间。有人做过粗略统计，如果把全国各级的会议压缩一半，可以减少三分之一的公务员，三分之一的财政支出，三分之一的楼堂馆所。从 20 世纪 80 年代就喊着改革，减少文山会海，结果是越减越多，好像赵本山的小品里，范伟扮演的那个人物算不清加减法一样。有一个为领导服务的部门，每年总结时，都把给领导写了多少份讲话稿，比上年增加了多少篇作为部门的主要成绩……彭阳这位县委书记在履行职责，非常认真地接待我们这些考察者。但是，我能够想象得出，他的这项工作如同他的讲话稿一样是"复制"的。我心里想："如果来你这里上课，那还不如不来。"这样一想，就产生了不耐烦的思想。然而，不耐烦还要装出耐烦的样子，不能表现在神情上，否则，就是政治上不成熟；更不能打断别人的话，那是对人不尊敬，当然，有些高官经常打断别人的汇报，那则是权威和魄力，另当别论了。这就是中国官场的一大奇观，一道风景。实事求是地说，我一开始也就是把这位县委书记当作一个能干点事的县委书记。

　　每一个生活在社会的人，由于其地位、职务、社会环境不同，在不同的场合需要不停地转换角色，因为他要面对不同的舞台、不同的观众和不同的导演，以及讲不同的台词。有时候，同样一个人，同样一个角色，也会因为环境的不同，观众的不同，让人喜爱或者反感。在生活细节中，人的个性往往真实地表现出来，这时候你认识的那个人也更真实。

　　第二天，我们下乡时，县委书记与我们同车而行。我们中央党校的同学在一起学习、生活几个月，彼此了解，在一起无拘无束，谈天说地。县委书记和我们在一起时，也放开了许多。听着有的同学讲笑话，他也不时插上几句带有浓厚的宁夏乡土气息的"补白"，精彩得让人开怀大笑。

　　彭阳的坡多、沟多、果树多。我们在参观过一片果园，准备上车时，我看见他突然蹲下身子。他是在扶一株已经倾倒的树苗。他的动作让我注意到两点。一是感情真挚，不是做给别人看的，是对那树苗倾注了感情。人的感情是最不容易隐藏的。有时候，人对人的感情可以隐匿，因为这是一种需要，而对于植物则完全没有必要，因为植物不能表达。所以，他对那株树苗的情感，让我体会到了这个县委书记对绿色的真实情感。那种情感是从心里涌出来的。二是他很专业。我上山下乡时曾在果园工作，管理过果树。有时候，树苗需要剪，你看这一枝很挺拔，很正直，但其实它影响了整个树的成长和结果，只有对此熟悉的人才能作出正确的选择。他那轻轻的一个动作，让我感到非常熟悉。

接下来的一天里，我开始注意观察这位县委书记。中午，我们在一户农家吃饭。他进了门，招呼我们坐下喝茶，然后朝屋的西侧走去。我发现屋西侧是下风口。按照农村习俗，下风口的地方一般是厕所或饲养牛马羊等牲畜的地方，这样把人吃住与牲畜分开，比较卫生。这也是中国乡村自古以来的风水习俗。我走过去看了一眼，果然是放牲畜的地方。牛槽上拴着两只膘肥体壮的黄牛。他低着头看着牛槽里的饲料。他看见我，平淡地笑了笑，说："看一眼牛吃的，就知道这些天的缺水情况了。"尽管他说得很平淡，但表现出了这位县委书记对这片土地的情感、对农村工作的熟悉。

这家的男主人年约 70 岁开外，个子不高但很壮实，古铜色的脸上一直漾着笑意。他和刘文英很熟悉。我们在屋子里喝茶休息等待吃饭，女主人在厨房里做饭，他抱着四五岁的小孙子，搬了两只小凳子，和县委书记坐在院子里聊起来。他们真正可以称得上促膝谈心。他一五一十地向县委书记讲起村里的事、地里的事、家里的事。看他们的神情，听他们的口气，像是一位老人在和自己的儿子说话。尤其是男主人怀中的小男孩，不时从老人怀里跳下来，跑到县委书记的怀里嬉戏。而这一切完全不是策划和设计的情景。孩子是不会骗人的。如果那孩子对县委书记没有感情，不会有那么大的胆子。

正是村里人吃午饭的时候，走出这户农家，三三两两的庄户人，有的端着碗正在树阴下吃饭，有的在聊天，看见县委书记，纷纷打招呼，那种亲热的情景的确让人感动。

在一个山坡上，县委书记专门安排我们看了机井。他告诉我们这是"生命工程"。

不喜欢那位县委书记的官样文章，并非不喜欢他本人；崇敬的是他的那种敬业精神、亲民作风，当然包括他的人格。

彭阳梯田

有人说彭阳梯田像一首田园诗，一幅水彩画，不仅丝毫不过分，在我看来还远远不够。

五月的彭阳，是梯田最美丽最壮观的季节。因为这个时候，梯田里显示着生命的绿色，昭示着成熟的黄色正蓬勃、旺盛、充满活力地成长。你既可以看到大片大片的梯田，从山下到山上，层峦叠嶂，绿波起伏，大气磅礴；也可以看到小流域里小块小块的梯田，星罗棋布，争奇斗艳，引人注目。雁荡山的"移步换景"美不胜收，移步看彭阳梯田，也是万千景象。抬头仰望，层层梯田如"飞流直下三千尺"；而居鸟瞰，又会让你生出"疑是银河落九天"之感慨。因此，不少到过彭阳的人都情不自禁地称彭阳梯田美得像一首诗，一幅画。但是，你要仔细读一读彭阳的梯田，就会发现远非一首诗或者一幅画能概括它宽阔、深邃的内涵。

　　彭阳的梯田充满阳刚之气，就像一栋结构合理、造型别致的立体感很强的绿色建筑，经过了精心构思和设计。自古以来，我们总是把建在土地上的房屋称之为建筑，而且倾注了大量的心血，更不用说资金投入了，其实，同样在土地上的农田，以及农田里成长的庄稼也是一种建筑。多少年来，我们在农业上的重大失误之一就是缺少规划，或者说规划缺少连续性，要么听天由命，要么随心所欲。某地农民把土地分了，第一年种什么，第二年种什么，怎么才能让土地肥起来？是没有人去考虑的。其实，土地最需要设计和规划，或者说需要思想家。你播下什么样的种子，就会开什么花、结什么果。袁隆平先生是个科学家，但首先是个思想家。袁先生的种子技术在中国广袤的土地上开花结果，也可以说是他的思想开花结果。彭阳县内荒山多、小流域多，怎么治理当然要用思想。他们将小流域作为水土治理单元和经济开发单元，实行山、水、田、林、路统一规划，沟、坡、梁、峁、塬综合治理，改土工程、治水工程、林草工程和道路工程四项工程同时推进，通过工程、生物和技术措施齐上，农、林、草镶嵌配套，构建了"山顶林草戴帽子，山腰梯田系带子，沟头库坝穿靴子"的立体治理模式。这种科学的综合治理方式，说到底是科学思想、科学智慧的结晶。

　　彭阳的梯田青春焕发，就像一个被人宠爱着的少女，长得既丰满又亮丽，而且充满活力。事实上，这是因为彭阳人对梯田投入了太多的感情。记得有一句老话说："庄稼活不用学，人家咋着咱咋着。"其实这话早已过时了，因为现在的庄稼活不同于传统的庄稼活了。人对土地的感情有多深，土地对人的回报也就有多大。彭阳人对修梯田情有独钟。他们修梯田是为了保水土，说到底是为了生存，而不是为了好看。彭阳建县之初，全县基本农田只有3.8万亩，粮食总产量只有6000万公斤，很多农民连温饱问题还没解决。他们把建设高标准农田，提高土地规模效益，扩大粮食面积结合起来，集中连片治理，用人机结合、机耕锁边的方法建设基本农田，并充分发挥我国基本政治制度的优越性，实行农田基本建设全民齐上阵，社会同参与，从1992年起，基本农田每年以5万亩的速度增加，集中连片的百亩点、50亩点呈规模上升，农业机械化水平、抗旱、抗涝、抗灾能力大大提高，粮食增产能力比过去提高了几倍。有一个统计数字显示，彭阳人这些年修梯田、治理水土挖的地，可以绕地球几个圈。每年春季，彭阳有几十万人在漫山遍野修梯田。几十万，那该是多么壮观的景象啊！至于长年生活在山上，对梯田的感情生死不悔的感人的人物，在彭阳数不胜数。

　　我觉得，彭阳人开始是把修梯田当作生存手段或者说方式，但是，随着历史脚步的推移，随着一座座本来光秃秃的沟壑、山梁由黄变绿，随着人们生活水平的不断改善，他们对梯田的感情越来越深，对怎样与大自然和谐相处的理解也越来越深。尽管他们提不出人与自然和谐相处这样伟大的口号，但却用几十年坚忍不拔的奋斗，几代人坚不可摧的勇气，把人与自然和谐相处的思想种进了黄土地里，并且生了根。因而，彭阳梯田留给人的不仅仅是一种诗画的美感，一种瞬间的激动，而是与政治经济学、哲学、社会学、植物学等均有关系的、非常深远的思考。再过几十年、几百年，彭阳的后代看到的梯田，一定会比今天的彭阳人看秦代古长城还要感情深重。因为彭阳梯田不仅是一道风景，而且是一方人生命的基石，一个时代的文化映像。

我的儿子喜欢哲学，现是北京一所大学哲学院的硕士研究生。我建议他去彭阳看一看。我告诉他，在彭阳，你可能认识中国农民哲学。儿子去了一次彭阳，回来后告诉我的确感触深刻。他说：泥土里生长起来的哲学，对人类的贡献是不能估量的……

◆ 如诗如画的彭阳梯田

乡村新风

　　我在宁夏乡村考察时，印象较为深刻的一点，是在村庄最醒目或者说人群最集中的地方如村街上、村委办公室门前的墙壁上，都可以看到壁报、黑板报，就连山坳里只有几户人家的村民小组，也有一块这样的小黑板。不用介绍，一看就明白，这些是村务公开专栏。上边公布的是村或者村民小组发生的账务、财物分配等与村民有关的事宜。

　　这让我想起小时候，也就是 20 世纪六七十年代，在一些农村也有这样的专栏，但内容却完全不同。那个时候这样的专栏上不是大字报、小字报，就是"最高指示"、"最新指示"，或者一些斗争这个、批判那个的标语口号，让人看了或心惊肉跳，或毛骨悚然。我记得我爷爷家邻居是一个"历史反革命"，他曾经当过国民党兵。他家的三儿子与我同岁。每年暑期我回老家，经常和他家的三儿子一起玩耍。有一天，我们从山上摘山枣回来，一路上有说有笑，可是，他突然之间脸色就变了。我正惊诧，抬头一看，黑板上写着第二天上批斗会的人，他父亲的名字赫然列在黑板之上。从某程度上说，那个时代，散落在乡村的这些壁报、黑板报，体现的是那个年代"以阶级斗争为纲"的时代特征。

近年来，我国农村政治生活随同农村经济、社会发展，有了很大程度的变化，一个最为明显的标志就是管理民主。这也是社会主义新农村建设的一条重要内容。而管理民主的一个很重要的体现是村务公开。在封建时代的农村社会里，家庭是一个基本的政治单元。农民作为皇权下的"子民"，没有政治身份，也无权参与政治。因此，农民为了表达对统治和压迫的不满，进行了一次次起义。到了民国时期，农民的"国民"身份在某种程度上得到了确认，但在当时的政治体制中，农民作为"保丁"，更多的是承担对国家的义务。新中国成立后的人民公社时期，农民成了"社员"，依附于"集体"，其政治参与权力往往是一种虚置。从 20 世纪 70 年代后期开始，实行了家庭联产承包责任制，推行了"乡政村治"体制，农民成了"村民"，经济上获得了真正的自由，政治上的权力也得到了确认。我 2007 年在广州调研时了解到，广东全省大多数村都实现了村民选举。据有关部门统计，在近几年的村

民选举中，全国 90% 的农民参加了村委会的民主选举。农民
的民主观念和权利保护意识不断加强。但是，农民的公共参
与还存在许多急需解决的问题，突出表现在公共参与主体的
分化。尽管许多农村进行了形式上的民主选举，但不少地方
没有建立真正的民主管理体制，村务的管理权被一部分管理
者和特权者掌握，村民处于农村政治权力的边缘。这样，一
些农民只有寻求新的政治参与途径，通过家族、宗族的力量，
甚至于通过贿赂、暴力等手段，群体事件不断发生。有的地
方，黑恶势力侵入到村级政权，农村正常的生产和生活秩序，
农民的财产和生命权益，农村的和谐社会建设受到严重威胁。
党中央提出建设社会主义新农村，强调"管理民主"，正是为
了扩大农民的政治参与权力，推进农村政治民主的发展。但是，
管理民主包括方方面面，其中一个重要内容是村务公开。在
宁夏一些村子里，我们看到的村务公开栏，虽然不是新鲜事物，
但能够坚持就很难得。我们有很多好的制度，关键在于没有
坚持好。因而老百姓中多年来流传着一句话："经是好经，让
一些歪嘴和尚给念错了。"

在中卫的一个村子里，我看到有两个中年妇女在村务公
开栏前，一边观看一边议论。那上边公布的是化肥分配情况。
其中一个高个妇女好像没看明白，那个稍矮一点的妇女向她
解释。高个子妇女不耐烦地说："你也讲不明白，我一会儿去

问问组长……"她的这句话听起来很平常，说的时候口气也很平常，但是，给人的感触却很深刻。它不恰恰说明了农民政治民主意识的觉醒和成长，农村政治民主的进步与发展吗？有了这样的农民，有了这样的民主管理，塞上的社会主义新农村必将充满希望。

还有一个现象让我感到新鲜。我们去的时候正是春夏之交的一天中午。过去，农村中这个时候是闲季，农民们常常聚拢在村子里某一块空旷的地方，或席地而坐，或坐在树墩上，有的把布鞋脱了垫在屁股下，有聊天的，有打牌的，有一边与人聊天一边看着孩子的……而那天在中卫的村子里，这种现象已经被一片静寂取代了……

散落在宁夏乡村中的壁报、黑板报上的内容，是我们社会进步的象征，是农村政治文明的缩影。说它是农村政治舞台也丝毫不过分。

长城塬

　　从彭阳县城出发，一路上汽车都在起起伏伏的山路上行进。从车窗望去，山坡上梯田环绕，果树成行，到处一片生机勃勃。陪同我们的彭阳县委书记刘文英告诉我们，今天要去的长城塬村，因境内和周边有绵延起伏的秦长城遗址而得名。我们听了都心驰神往，想到长城村看一看古长城的风采。

　　一进入长城塬这个黄土高原上的村庄，不知为什么，我的心里有一种莫名其妙的冲动。宽敞而又平坦的村街上，铺了一层碎石渣子，不时露出一片片黄土。那些黄土历经车轮辗压、足迹踩踏，已经变得非常坚固。村街两边，是一排排商铺和民居。一簇簇绿荫从一些人家的院子里热情地探出头来，向村街上的人们点头示意，带着诗情画意般的田园气息。有的门前摆着相当古老甚至近似原始的工具，像牛拉的平板车、担水用的木桶等，也有很多现代的东西，如摩托车、四轮农用车、货运汽车，等等。正是早饭过后，开始忙碌的时候，村街上只能看到一些上了年纪的妇女带着孙子辈的孩子，或手牵着，或背驮着，或用婴儿用的车推着，三三两两聚在一起，互相逗着对方家的孩子，夸着自家的孩子，不时发出一阵清爽的笑声。从车窗望去，可以看到那些孩子们手舞足蹈的样子。村街上来来往往的人们脸上安详的神情，以及跳动的阳光，让人感到很温润。不知谁家屋里电视机，也可能是收音机里播送的最新的流行歌曲从门缝中溜出来，在村街上飘散成一种回音。真是一幅传统与现代交织的映像，整个村街充满了浓浓的乡土生活的乐趣。

多年来，我已养成了从一个地方的人的面貌认识这个地方的习惯。在这个村子里见到的人，我都留心观察，并且用心去体会他们说的话是不是言不由衷。所以，在村委会会议室座谈时，我非常注意观察那些发言的村民代表们的表情。

参加座谈的十几个村民，穿戴大同小异，脸色也大都是那种经过风吹日晒的古铜色。让我感到惊讶的是，他们的表情也近乎一样，平静、沉稳，从容而又带着几分狡黠。发言开始时，十几个人你看看我，我看看你，但让人一看就明白他们是在互相谦让。我一下放了心，因为我从他们这一细微的动作上看出，他们不是事前受过训练或者说被人指点过。过去，因为工作的原因，我也经常到基层去调研。调研所到之处，大多事前发过通知，什么时间到，有什么人参加，座谈哪几个方面的问题，等等。这样，在到达之前，被调查的单位早已做好了准备，让哪些人参加座谈，谁讲什么问题都已安排妥当，甚至于文字材料都准备好了。那种情况下，你很难发现真实的问题。

经过一番谦让，一个年龄稍大的村民打了头炮。他从路说起，用了两个形容词，一个是"羊肠子"，是指道路的狭窄；一个是"和稀泥"，是指下雨天道路泥泞。他说："你们要是早几年来，车子肯定进不了村。""俺们都着急啊！这粮食、果子、大棚蔬菜硬是要靠肩挑人扛，那才能挑多少扛多少？有的就烂掉了！那些老亲戚还好些，下一辈子听说来长城塬就头痛，打着骂着都不肯来。村里打光棍的也越来越多……"他说到这里时，眼圈红了。可以看出他是真诚的。

衣食住行，是人生存的最基本条件或者说基本需求。在现代社会，信息固然重要，但行路问题始终为重中之重，对长城塬村这样偏远的山村甚至于生息攸关。道路不通畅，等于把自己封闭起来。从修路这一点就可以看出长城塬村决策人的现代意识。现在，长城村 14 个村民小组，全都通了石子路，而且路也拓宽了，不少村民买机动车跑运输做买卖，走亲访友也方便了许多。

接着，村民代表们发言热烈起来。这也是我在农村调研时经常遇到的情况。只要有人带了头，局面就打开了。这也许是中国农民共有的一个特征吧！

村民的发言非常实在，大都是围绕着吃穿住行展开。他们从低产田改造、建农贸市场、田林水路综合治理，到村务公开、民主管理、扶贫济困、邻里团结、红白喜事，话题几乎涉及农村的方方面面。我的笔记本上，记下了一个个数字。

数字是枯燥的。然而，数字又是最有力的见证者。有一组数字，记录着长城塬村发展的足迹：全村整修基本农田每年以 300 亩的速度增加，植树造林每年以 1000 亩的速度发展。全村已经实现了人均 3 亩旱作基本农田，人均 50 亩生态林地，户均一眼井窖。村里的集贸市场远近闻名。集市三天一次，四邻八乡赶集的人在千人以上，每集成交额上万元。村里已有餐饮服务、米面加工、木器加工等个体私营户 58 户，全村有上百户农民每逢集日设点摆摊做小买卖。近年来全村无赌博、无早婚和非法结婚、无超计划生育、无迷信、无刑事犯罪、无虐待老人、无乱开荒……2005 年，全村农民人均纯收入 1879 元，比全县平均水平还高 184 元。村里办起了"自娱班"，农闲时，走村串户，吹拉弹唱，红红火火。每年村里都举办一届农民篮球运动会。村部建立了图书阅览室，村民们一有空就聚集在这里读书看报学文化，走上了物质文明和精神文明同步发展的轨道……

李玉荣一直坐在旁边安静地听着。他今年 40 岁，高中文化。轮到他说话时，他却讲了一个"人情债"。他所说的"人情债"，是他两次患肝病入院治疗，乡亲们给予的关心、关怀和关爱。1992 年，他上任之初带领群众修建饮水工程，一连 30 多天在工地上，从那时累出了肝病，后来发展到乙肝、甲肝和肝硬化。村民听说他患病，争先恐后地前往他的土窑看望。这家送上一碗鸡汤，那家送去一碗手擀面，还有的送上加着红枣的小米稀饭…… 医生建议他到北京住院治疗，但他家中拿不出住院费用。乡亲们听说后，你3元、他5元，自发捐了1.4万元。说到这里时，他的眼圈红了。他说经济债可以慢慢地还，总能还上。但人情债难还。所以，自己必须好好干，对得起乡亲们的厚爱！

走在村街上，看着那些衣着简朴，神态安详的村民，我忽然明白了李玉荣话中的含意。这位土生土长的村干部，太了解和他一起长大的泥腿子农民兄弟了。这些农民兄弟，更多的是坚守着家乡的黄土地，更准确地说是坚守一种传统的生活状态、生存状态，或者说一种生活态度。这些能够给他们带来安慰，甚至于生命的尊严。外出打工，背井离乡不说，住没有个像样的地方，吃没有顿可口饭菜，还要看包工头的脸色，甚至挨骂受气，还要承受思念家乡亲人的痛苦。一年艰苦奋斗，到后来工资还不一定按时发。李玉荣带领大家参加新农村建设，从解决饮水、改造低产田，解决粮食，吃饱肚子入手，再进行道路平整，兴建市场……让村民们知道，虽然不会很快富起来，但也不会再回到从前的贫穷。日子一天天过，总会一天天好起来。我突然对这位村干部产生了一种景仰之情。

临别时，我们一行登上长城塬。刘文英指着塬上7000多亩山坡地，对我们介绍说："这里过去是有名的'三跑田'，即跑水、跑土、跑肥，粮食亩产不足100公斤，遇到灾害年份，常常颗粒无收。李玉荣上任后，带领长城村的父老乡亲，苦干多年，将它变成了'三保田'。"

看着这片绿色的土地，我心生感慨：李玉荣固然不能同威名显赫的秦始皇相比，但是，他造福的也是子孙万代。从这个意义上说，我们的千万个共产党员，以及基层干部，比起秦始皇建筑长城更能体现民本理念。

虽然我们在长城塬没有看到古长城，但是有一道长城却矗立在心中。这道长城才是永远不倒的长城。

白杨深处有人家

那天中午，我们一行在黄土坡上的一个农家用了一顿极具特色的午餐。

过去，我曾应朋友之约，到过郊区一些农家乐用餐。那些农家乐大多是在郊外租上一片地方，拉上一个颇似农家院落的大院子，放上一些农家的装饰品，纯粹是布置或者说设计出来的农家。至于饭菜，的确有农家菜，也是农家做法，但是毕竟不是用的农家烧的锅，农家烧的柴，甚至于不是农家常用的油，味道与农家的当然也就不一样。在那样的农家乐用餐，奔的是一种好奇，一种休闲，或者说是对都市生活厌倦之余，对回归大自然的一种情愫。

这户农家坐落在一个大约有十几户人家的自然村的村头。院子周围以及院子里种了几十株白杨树。一棵棵白杨树身材挺拔，依天而矗，既显得刚健有力，又显得青春洋溢，让人不由自主地想起茅盾先生的名篇《白杨礼赞》。同行的一位党校同学说："《白杨礼赞》好像就是写西北的白杨。今天有幸一见，果然名副其实！"他的话得到了我们的一致认同。有的同学还拿出相机，拍下了白杨骄傲的身影。

宁夏的朋友告诉我们："这些年，彭阳的农民越来越喜欢种树。每年，全县种树的数量都以 7 位数递增。在固原地区，天然林最好的是六盘山，人工林最好的就要数彭阳了。"

听了宁夏朋友的话，我心中不禁对眼前的白杨树和种树人增添了几分敬意。我家乡江苏徐州四周，过去荒山连片，光秃秃的，甚至连杂草也不长。20 世纪 50 年代，毛泽东主席曾登临徐州云龙山，深情地嘱咐徐州人民绿化荒山，从此，徐州人民开展了植树造林的活动。其中有三个名字中都带"华"的女青年开始在家乡的一座山上种树。她们从山下挑水上山，在坚硬的石头缝里挖坑，终于让那座荒山披上了绿装。后来，时任团中央第一书记的胡耀邦经过那里，知道这一消息后，十分高兴，挥笔题写了"三华山"。从此，三姐妹和三华山名声大振，带动了当地的绿化荒山的热潮。几十年过去，我们那座城市周围的山全都绿了。彭阳人这一代今天所做的，也许自己享受不到了，但他们的子孙后代一定会对在这片荒凉、贫瘠的土地上植树的前辈们充满感激和敬意。他们一定会说:"我们有一群勤劳勇敢的先人!"人活世上一辈子,说到底就百八十年,不管你位高权重、富贵荣华,还是身居偏远乡村一贫如洗,都带不走,留给后人最珍贵的财富恐怕就是精神。

这是一户勤劳的农家。我一进入院子就产生了这个印象。院子里虽然是黄土地,但打扫得干干净净,几乎看不到一丝杂乱。根据我小时候在农村生活过的经验来推断,这家的主人早晨起来后在院子里洒了水,不然的话,地上的黄土一定会飞扬着迎接我们,让我们待不下去。院子的角落里,有几只鸡在轻松愉快地吃食,不时抬起头看看我们这些陌生人,给人一种亲切友好的感觉。

落座不久,主人就送上来了农家饭菜,主食有荞面条条、荞面饸饹;菜有冷有热,五光十色……据主人介绍,这些菜、饭的原料全都是自家"产"的,就是地地道道黄土地上的产物,绿色生态食品。在热菜中,有一道被称之为"固原红"的土鸡。我们现在称之土鸡的,就是指家养的鸡。随着时代的发展,这种鸡又被戴上了一种时髦的桂冠——"生态鸡"。不过,这种鸡的确不同于大型养鸡场圈养的那种人工饲养的鸡。它的肉质鲜嫩,加上主人烹饪农家菜的水平高,味道鲜美,极具口感。据主人介绍,"彭阳鸡"现在已经成为宁夏甚至全国响当当的品牌。

　　"这家主人的手艺真的不错！"同行的一个人夸奖说。他的话立刻引起大伙的赞成。这足以说明我们都认同了这顿美食。

　　宁夏朋友谦逊地说："彭阳农家做饭非常讲究。"他告诉我们，彭阳这几年正在加快推进农村生态旅游发展，使其成为农民收入的来源之一。随着农村生态旅游的发展，县里还加大了对农村青年旅游接待知识的培训，前往参加培训的青年争先恐后，络绎不绝。他这一说，我才想起刚刚落座时，主人送上来热毛巾，以及与我们讲普通话的细节。原来，这是经过培训的。由此可见，黄土地上的农家儿女，已经自觉地融入了时代的大潮之中。

◆ 农家一角

　　临走时，我看到门口放着一辆平板车，车上放着皮囊，车把上还挂着一只铁皮水桶。我曾经在农村插队，对这种东西比较熟悉。一般来说，它是用来拉水或者农药的。一问，果然是用来拉水用的。直到这时我们才知道，这里饮用水比较紧张，要到十几里外的地方去拉。我的心一下子又沉重起来。

窑洞里的女人

实事求是地说，我和几位北京来的同学，是在彭阳第一次见到真正的窑洞。过去，我们只是在反映革命战争时期延安的一些电影电视里看到过窑洞。那些窑洞虽然也是黄土坡上挖出的洞，但因为住的是些领导人，非常宽敞。然而，看了彭阳的几户窑洞，我的心灵才真正受到了震撼。

在一道黄土高坡的陡坡下，排列着十几座窑洞。有几家的窑洞外是一个大院，院里种着树，还有的人家养着花草，圈着牛羊。有一家的院子里放着一辆农用四轮车。这样的人家，在当地算是富裕一些的。彭阳县的领导很务实，也很诚实。他们没有单单向我们这些北京来的人展示富裕家庭，也带我们访问了贫困家庭。其中，有一户窑洞人家，共有两孔窑洞，一孔坐北朝南，一孔坐东朝西，两孔窑洞相挨在一起，门前是一个小院落。

　　窑洞是中国北方最常见的居住形式。据公布的考古发现和专家论证，这一人类最早的地下居住形式，就是始于宁夏的海原。我们对那些考古学者不能不油然而生敬意。他们一年四季甚至于夜以继日，同那些陈旧、腐朽、带着潮湿、霉气的墓园、墓穴打交道，不断为我们揭开一个个历史秘密，展示中华民族的灿烂文明。宁夏窑洞的发现，将人类居住窑洞的历史至少推进到4500多年前，让我们了解先人们的居住学。据《诗经·大雅·绵》中记载："古公亶父，陶复陶穴，未有家室。"亶父，周文王的祖父。陶，借为掏；复，借为覆。从旁掏的洞叫覆，即窑洞或山洞；向下掏的洞叫穴。由此可见，窑洞的历史相当悠久。

◆ 中央党校第5期半年制中年班三支部学员在窑洞考察

　　我们到的这户人家的窑洞，应该是小窑洞。窑洞里用来接受阳光照射和吹风透气的窗口也比较小，上边又被自家用面打成的糨糊粘贴上一层发黄的报纸。因此，人进到屋子里，几乎看不清任何东西。过了一会儿，眼睛适应了，这才能看清，屋子里放着一张双人床，床头上放着用来盛粮食的坛坛罐罐以及放杂物的纸箱。就在这个面积只有十几平方的地方，竟然还堆着做饭的锅台，由于油烟飘散的方向不同，顶上和四壁被油烟熏得一道黑一道黄，看上去像是一幅千奇百怪的壁画。我一时愣住了。如果窑洞里做饭，烧柴火生发的烟怎么排出呢？我又四下看了看，几乎看不到什么值钱的东西。这时，我心里不禁有些后悔，与其让我们看到的是一贫如洗，不如什么也看不见，只在心里猜想，那样也不至于心里酸楚。

　　窑洞的女主人大约三十开外，个子不高但很结实，脸膛黑里透红，一看就是经常下地，在太阳下晒、在风雨中吹打的那种纯粹的庄稼人。她脸上的皱纹和黑黑的皮肤，记载了她与大自然、与贫穷抗争的痕迹。她不善言谈，问一句答一句，不会主动张口。我们问了她的家庭收入情况，地里种什么庄稼、收成如何。她回答得都很平静。你根本无法从她的表情上和言语中看出她对贫穷生活的理解和感受。直到问到她的子女时，她的脸上突然放射出一层光，两眼也亮了起来。她带着我们到了坐东朝西的那间窑洞。一进窑洞，我就看见了贴在墙上的一张张奖状。奖状是中国特色的一个品种。每年学期末，学校都要考试，都要评比，然后给那些考试成绩好、平时表现好的孩子颁发奖状。别看这只是一张印上了花纹花边的纸，分量却很重。那些领到奖状的学生拿着奖状回到家里时，父母都会十分高兴。我想起有一则电视公益广告，里边就是一个女孩子领了奖状回到家，高高兴兴地打开门，想让爸爸妈妈与自己分享喜悦，而爸爸妈妈都不在家。女孩一脸天真烂漫的喜悦变成了失望。那个女孩子等啊等啊，等到很晚，一听到门外有响动，就拿起奖状，喊叫着爸爸妈妈迎上前去，然而，希望一次次落空了。睡觉的时候，她还把奖状放在胸前……这则公益广告结束时有句话，意在提醒做了父母的人应该多关心孩子，多陪陪孩子。由此可见，奖状对于一个小学生来说多么珍贵。在这间窑洞的墙壁上，整整贴了半墙的奖状，从一年级到三年级，几乎年年都有，是这个窑洞孩子成长的经历见证。窑洞一张小小的桌子上，放着的一瓶廉价的雪花膏和一面方形的镜子、一把普通的木梳，还有只有男孩子玩的玩具冲锋枪。可以看出，这个窑洞既有男孩子也有女孩子。然而，那一张张奖状又告诉我们，奖状大都是女孩子的，写着男孩子名字的唯一一张奖状是一个什么体育项目。我的一位同行不禁感慨地说了一句："看起来，女孩子比男孩子学习成绩好。"

那个女人听了这话，眼睛一暗，眉宇间瞬间添了几道愁绪。她心里的酸楚和苦涩也淋漓尽致地展示到我们面前。这一细小的变化，足以说明她同这块土地上的很多女人一样，对男孩子比较看重或者说疼爱。当然，这也不能怪罪她。也许，她小的时候，也和我们所有人小时候一样，有着远大的理想。然而，父母的一句话，就改变了她的向往和追求。她与许多同龄女人一样，在唢呐和鞭炮声中，在父老乡亲怜惜的目光中，青春、向往都被迎亲的一头驴驮走了……也从此，儿子便成了她和许多一样做了母亲的女人的精神寄托，甚至是唯一的寄托。可以肯定的是，女儿和她一样，从小就要承担家务的劳累。每天晨曦微露，女儿就要和她一起做饭。通常是她和面，女儿用柴火烧锅。也许，她还不时吆喝或训斥女儿几句。在她看来，这是做女人的本分和天职，神圣的天职啊！

在一条条崎岖不平的黄土路上，我们也的确看到过一个个背着柴草或担着水桶的女孩。她们年龄大都在十岁出头，小学二三年级。她们在放学之后，节假日里，或放羊，或锄草，或拾柴，过早地承担起生活的艰辛。她们从那些羊肠小道，从一道沟翻过一道梁的脚步虽然沉重而艰难，然而，她们脸上的表情却十分平常，有的还冲着路边的野花微笑，有的边走边唱着流行歌曲的情景，让人心动。

这些年幼的女孩子们，根本就想象不到以后的命运，心中最深刻、最沉重的只有"责任"二字。

那个女人一边回答着我们的问话，一边小心地把女儿床上散落的几根头发捡起来，看了一眼，在手里搓几下，放在了一个做针线活的筐子里。她的那一细小的动作，永远永远地铭刻在我的记忆深处。那是一个母亲的情愫。

我们从窑洞女人嘴里得知，她的男人在银川打工，半年也难回来一次。

"家里的地也是你一个人种吗？"我问。

那个女人认真地点了点头。我清楚地看见，她的眼睛在那一刻湿润了。她是在想念丈夫吗，抑或是在为自己的命运难过？我不得而知。但是，我的心在那一刻，真真正正地对她充满了敬意。我相信我的同学们也与我有同样的感受和心情。所以，出了窑洞，我们与那个窑洞女主人合影时，大伙不约而同地，而且是恭恭敬敬地让她站在了中间。我们敬重的不单是这样一个普通的窑洞女主人，敬重的是我们伟大民族的传统和精神。

尽管我没有记住窑洞里那个女人的名字，但是，我却记住了两个与人生、与命运相关的字：坚强！

一个人的村庄

汽车沿着狭窄的山路盘旋而上，一个个黄土坡上的村落，一片片浓密的绿荫，一缕缕蓝色的炊烟渐渐地远了，而离天却越来越近。

一直到了山顶，车才停下来。一下车，我就被眼前的景象深深震撼了。这里四面环山，峰峦连绵，一层层梯田仿佛一层层绿色的波浪，一浪高过一浪，气势磅礴。梯田里，一些我叫不上名字的果树花枝招展，显示着即将丰收的激情。一阵阵山风吹来，山忽然开阔了许多，仿佛张开了怀抱，更让人感到这片土地的空旷与厚重。山风中夹带着漫山遍野花果的清香，沁入心肺，五脏六腑都惊喜地跳动起来。

在山顶处有一排低矮的平房。首先迎接我们这些客人的是几只小狗。它们冲着我们叫着，但明显可以看得出不是那种怀着敌意、凶暴的样子。其中一只小黄狗叫了几声以后，还摇头摆尾地跑到陪同我们上山的彭阳县委领导身边。狗通人性，这是我们通常说的一句俗话。小黄狗在向我们证明，那个领导经常到这里来，与它也是老朋友了。狗叫声过后，不知从什么地方走过来一个中年人。看样子，他是从坡上的地里来的，脚上还沾着黄土。那几只小狗围在他的身前身后转了一会儿，就各自忙活去了。

彭阳的领导告诉我们，他就是这里的主人。这是一个大约四十开外的中年人，个子不高但很壮实，黑不溜秋的脸上分明可以看到阳光的履痕，眼神却显得有些单纯。据说，他已经住在这里好多年了，职责是看护这一片山上的树木、林果。说到底就是一个看山的人，或者说看林子的人。他平静地回答着我们的各种各样的提问，说话的声音虽然不是特别响亮，但是很清脆、很清爽、很清澈，让人觉得他心里非常亮堂。我不由感到奇怪，这样一个孤独生活的人，怎么还有如此的精神？

从他的叙述中，我们了解到，他的生活既机械又平淡。每天早晨鸡叫的时候，他就会准时起床。他把米放在锅里，等锅烧开、饭熟了以后，先到四周的山坡上走一圈，检查一遍树木、林果。在对面山坡上，看着自己房子上的蓝色炊烟袅袅升起，与橙黄色的霞光融合一起。他的嘴角就会露出一丝笑意。饭后，他开始喂鸡。这些年，他养过多少只鸡，已经算不清了，每年都要送到山下卖一批。他养的鸡很受欢迎，被人们称为笨鸡，也有的称为生态鸡，就是说他养的鸡是在山上养的，吃的都是自然生态的食物。他喜欢喂鸡，抓一把食物，嘴里哼几句小调，那些鸡就会蜂拥而来，围在他的四周。那一时刻，他会感到一种满足，一种幸福。我从他的话中能够体会到，他把养鸡当作了养孩子那样。由此，也可以看出他的人生追求。

到了太阳升起一杆高的时候，他就一如既往地扛起铁锹或者水桶，去给那些树木、林果松土、施肥、浇水。他做事有计划，也有规律。

虽然没有人监督他、催促他，他也从不偷懒，从不倦怠。他已经把自己做的事情，融入生命的一个部分。如果不让他做，他倒会感到生命缺少了点什么。

他没有什么交际。平常，他不会放下那群鸡那几只狗和大片山林，自己独自下山。因为他把这里收拾得好，所以，经常会有人上山来参观生态治理。但是，那些人一般不会留下来陪他进餐。他也从没有这种奢求。与他相比，你不禁会想到平常那些酒桌上的粗俗交际多么无聊。

尤其让我感到惊异甚至于不可思议的是，他竟然不抽烟不喝酒。那么，寂寞袭来的时候，他靠什么去驱散它？在有月光的夜晚，他会独自在几座大山之间崎岖的小路上散步，偶尔举头望一眼天上那轮明月。那个时刻，他不可能不想到家这个人生的港湾。也许在那个时刻，他的心头会涌上一阵酸楚。有的时候，他也会躺在坡上松软的黄土地里，举头望着天上圆圆的月亮，回忆起童年在祖母怀抱里，听着祖母"讲那过去的事情"的情景。也许，那个时候，他会感到一丝的孤独。

他留在崎岖的山路上的足迹，一定会被岁月的尘土掩埋。他不是名人，一生中也不会做出轰轰烈烈的壮举，所以，他走过的那条小道也不会像一些名人走过的路一样被后人命名为某某小道。然而，他走出的那条路，将会有更多的人走过，而且越来越宽阔。因为，人们会沿着他走过的那条路去寻找山里粗犷的风景、山里绿色的果实，甚至感受野性的山风。

享受孤独，那该是多么宽广的胸怀和情操。

黄河岸边的农家

　　我们的车子停在黄河边上。眼前是一片茂盛的果园。从飘荡着香气的果园里的小路走进去，才发现果树掩映着一座农家。

　　这些年，很多城市的周围都兴起了一座座农家乐，吸引着久居城市的人们，成为一道新的风景，一个新的旅游景区和旅游项目。据说，北京郊外有几家农家乐，订餐都要提前两三天，到了周末，更是客满。我曾经想过，中国农民中不乏有思想或者说理想的人。关键在于你要给他一个舞台。20世纪70年代末，安徽凤阳县小岗村的十几个农民，冒着风险，签订了包产到户的协议书。那是一群有思想的人吧？如果后来不肯定他们，他们怎么也想象不到，正是他们拉开了轰轰烈烈的农村改革大戏的帷幕。这些年，各地兴起的农家乐、农村旅游,也是中国农民的一大创造。著名演员赵本山主演的《刘老根》,让农家乐又掀起了一个高潮。

不过,实事求是地说,有些城市周边刻意制造的农家乐,因为带有浓重的商业气息和以赢利为目的,在装饰上硬加进了城市大酒店的内容,在饭菜上增加了鲍鱼之类高档的东西,倒失去了农家的本色。我的一位朋友就很坚决地说过:"我从来不去看复制的历史、复制的农家乐。"我认为他的观点有失偏颇。其实,如若复制得符合所在的环境,也并非不是好事。记得我曾陪同一位领导去辽宁丹东一个农家乐参观,他看见院子里摆放着一盘20世纪农家磨面用的石磨,脸上露出了惊喜的笑容。他十分亲切地拍了拍石磨,然后竟兴致勃勃地推了几圈。由此可见,原生态的农家乐,即使复制的农家用具,也能真正让人乐起来。

这座位于黄河边上的农家乐,是一个原生态的地方。屋前屋后的几十株高耸的白杨,把房子遮掩得严严实实,阳光想寻找间隙落到地上,费了很大力气,也只落下斑驳陆离的星星点点。主人告诉我们,除了狂风暴雨,否则,一般下雨时,树下院子里地皮都不湿。通常,天上下雨,他们在树下吃饭。由于地处高处,坐在院子里就可以看见对面起伏的贺兰山。可以想象,到了晚上,看着对面那道宛若长城的山峰,心里该是多么踏实啊!在我看来,那个时候的贺兰山,会带给人们很多深远的想象。你可以把它想象为一位深不可测的思想家，也可以把它想象为一位饱经沧桑的老者……总之，你可以展开想象的翅膀，让自己的思维尽情地飞翔。

果园里，有几座小房子，门前都摆着篮子。主人告诉我们，这是给来旅游的客人准备的住处，篮子则是给客人用来采摘果子的。吸引我注意的是铁环、皮球和沙包等一堆儿童玩具。几十年过去了，看到这些儿时玩过的玩具，心里热乎乎的，竟然情不自禁地上前拿起几只沙包玩了一会儿。在这里你心情的确会很舒畅，很轻松，才会发现自己其实还是爱玩。

走到果园深处，我看见一对老夫妇正在全神贯注地摆弄着盆景。老太太拿着毛巾给老爷子擦汗，老爷子冲她深情地一笑，相敬相爱的情景让人感动。有人感叹都市里已没有了真正的爱情，也许，只有在这片土地上，爱情才会真正地老天荒。

走在山路上的孩子们

　　那是一条山村里常见的平平常常的山路。从山下到山腰，再到山后，弯弯曲曲，犹如系在山上的一条飘带。

　　在那条山路上，走着几个背着书包的孩子。从他们脸上的表情，看得出与他们年龄不太相符的沉重。但是，从他们的脚步，又看得出与他们表情不太吻合的轻松。也许，孩子总归是孩子。不管经历痛苦也好，快乐也好，都像过眼烟云，来得快，去得也快。

　　这几年，由于山里不少学校并校，有些孩子上学要到几里路甚至十几里路之外。因此，翻山越岭成了这些孩子们每天的必修课之一。通常，他们天没亮就要起身上路，在晨雾蒙蒙的山里，他们的身影成了一道风景。通常，当他们翻过一座山头，回首张望时，家乡的村子里的炊烟才刚刚升起。

　　他们就这样日复一日地在山路上走着。不知不觉间山路两边发生了变化，梯田绿了，果树长高了长大了，有的开始结果了。于是，他们的脸上露出了热情洋溢的笑容。

　　宁夏的朋友给我们讲了一个山里孩子的故事。那孩子家境贫寒。一家人住在几间窑洞里。他学习非常刻苦。为了能完成学业，他每一个礼拜天都要上山，为的是换回自己的学费。我的宁夏的朋友第一次见到他时是夏天，他穿着一条短裤衩子在屋子里学习，浑身大汗淋漓。同样是从贫穷的西海固走出的那位宁夏的朋友心灵受到了震撼。他从那个孩子身上看到了当年的自己，看到了山里的希望。他说："这些 90 后的孩子们，与自己的父辈有着截然不同的价值取向、人生目标，但是，他们深深懂得，只有考上大学，才是走出山里的最直接、最便捷的途径……"

　　他的话让我们深有同感，也让我们深有感触。我们一行的同学，不管是来自中央国家机关，还是来自地方政府部门，哪一个不是从这条路上走过来的，哪一个没饱尝过人生的艰辛？

　　这时，我看见一个穿着粉红色短衫的女孩，边走边四下张望，几次停下来，踮着脚，小心翼翼地走进路边的树丛中，因为距离太远，看不清她在做什么，因而引起了我们一行人的猜测。有的说她在捉落在树丛上的蝴蝶；有的说她在与小伙伴做一种儿童游戏。宁夏的朋友感叹地说，她是在采摘山上的野果如山枣等。"这小姑娘家里肯定有小弟弟或小妹妹！她回到家还要哄他们⋯⋯"他的话落音后，一车人顿时陷入了沉默。山风穿过拉开的车窗吹进车里，轻拂着每个人的脸，让人感到山风也突然变得沉重了。

这些年，农村青壮年外出务工的人越来越多。在很多地方的农村，外出务工收入已占农民年人均收入的"半壁江山"。由于户籍制度限制、务工收入不高，他们的孩子只有留在家中。据有关部门统计，全国农村留守儿童已达 4000 多万，而有的专家学者称，还远远不止这个数字。"留守儿童"们的父母远在几百里甚至几千里之外的城市打工，他们既要承受思念父母的痛苦，又要代替父母尽孝，过早地承担起家务的一部分。因为，和他们生活在一起的爷爷奶奶大都年事已高。我想，这几个走在山路上的孩子中，一定有留守儿童。

我突然感到，那条飘在山坡上的黄土路是那么飘渺。那些孩子们沿着它，真的能走进希望吗？想到这里，我的心又沉重起来⋯⋯

久远的哭声

古今中外，恐怕没有什么人的哭声可以与中国古代孟姜女的哭声相比。孟姜女的哭声惊天地泣鬼神，甚至哭倒了长城。她的哭声不仅站立在中国的神话、歌谣、诗文、电影、戏曲、故事里，而且成为中国妇女一种形象。提起孟姜女，人们就会把她和哭字联系在一起。著名军旅歌唱家白雪在一首名为《千古绝唱》的歌中唱道："孟姜女哭长城，千古绝唱谁人听……"

我和我的同时代人一样，最早知道孟姜女，是在祖母的怀抱里牙牙学语时听到的传说。传说中的孟姜女为了给修筑长城的丈夫送寒衣，不远千里，长途跋涉，风尘仆仆地赶到长城脚下，得到的消息却是其夫因劳累过度已经病死。孟姜女闻讯悲恸欲绝，放声悲哭，竟然哭倒了长城。她接着也投海而死。对于这样一个历史传说，而且是民间传说，除了民俗专家或者历史学者有兴趣，更多的人不会深入考究。因此，在彭阳听到孟姜女哭长城的故事发生在彭阳，而且哭长城的"孟姜女"不仅仅是一个弱不禁风的女子，而是姓孟、姓姜两户人家的女子集体，我不能不在感到惊讶的同时，也生出了些许兴趣。

彭阳县境内有战国的秦长城。这是不争的史实。据《彭阳县志》记载：公元前 306— 前 251 年之间，秦昭襄王"起兵伐义渠戎，于是秦有陇西、北地、上郡、筑长城以拒胡"。秦长城西起甘肃临洮、宁夏，经陕西进入内蒙古然后转向黄河西岸，最终东到辽东郡碣石，绵延 5000 余公里。在彭阳县境内长约 60 公里。由于处在黄土高原，所以彭阳县境内的长城均为黄土分层夯筑而成，夯筑在一条东西向的山脊之上，附在起伏的山峦上蜿蜒蜒蜒，乍看去像是与周边融为一体的长着绿草的土山，但不时出现的断面上，曾夯筑过的层理清晰可见。至今彭阳境内，秦长城的身影还不时可见，在长城壕内的长城沿线遗有大量瓦片，其厚度在 1 至 3 厘米不等。

彭阳县境内长城的两端东有孟家塬，西有姜家洼。而彭阳境内从南到北，从东到西，都有姓万的人家。在彭阳长城内外居住的人家有着很多不同的风俗。农历十月初一，长城内的人家特别注重祭奠先亡之人，谓之"送寒衣"。每逢十月初一送寒衣，孟家、姜家的女子结伴而行。而且在这一带还流传着许多有关"孟姜女"的民歌，在这些口口相传的民歌里，"孟姜女"也不是一个单个的人名，而是一个群体。1985 年 12 月，采录者孟承道在孟塬乡草滩村采录的《送寒衣》中唱道："正月里来是新年，家家户户都团圆，人家过年酒和肉（哟），孟姜过年一杯茶（哟）。二月里来天气长，老龙抬头暖气扬，冰消雪化农时忙（哟），秦始皇下令打城墙（哟）。三月里来是清明，家家户户上祖坟，人家上坟双双对（呀），孟姜上坟独一人（哟）。……七月里来秋风凉，家家户户缝衣裳，人家缝衣有人穿（哟），孟姜缝衣压柜箱（哟）。……十月里来十月一，家家户户送寒衣，左手端着浆凉水（哟），右手拿着钱和纸（哟）。唉，一送送到长城外（哟）。"由此推测，那个民间传说中的孟姜女不是姓孟人家的女子，而是孟家塬和姜家洼及周边村落人家妇女的群体总称。

1985 年，采录者高万伟在红河乡夏原村采得一首在当地广为流传的民歌《孟姜女探夫》，歌中唱道："正月里探夫是新春，家家户户点红灯，人家夫妻团圆住，孟姜女丈夫造长城。……三月里探夫是清明，家家户户祭祖坟，人家祖坟飘白纸，万家的祖坟冷清清。……十月里探夫小阳春，想起我夫泪淋淋，心中只把秦皇恨，强迫我夫造长城。冬月探夫雪花飘，一心要把夫君找，长城天气多寒冷，我夫无衣命难熬。腊月探夫过年忙，家家户户喜洋洋，看看新春佳节到，孟姜女两眼泪汪汪。"这首民歌的演唱者是一位 80 多岁的姓朱的老奶奶，她的娘家是长城塬乡。老人不识字，一辈子没出过远门，这首歌是她小时候跟大人们学唱的。有学者由这首民歌推测，彭阳长城内的人送寒衣的风俗由来已久。

在今河北的山海关，有一座孟姜女庙，庙门前有一尊孟姜女盼夫归来的"望夫石"。彭阳一位研究长城塬长城的学者说："孟姜女哭长城的传说应该出于秦代，故事中孟姜女哭倒的是秦长城，而河北山海关的长城是明代长城，因此孟姜女的故事不应该发生在山海关。"

看了这些资料，听了这些传说，我心里生出无限感慨。不管孟姜女是一个人还是一个群体，也不管她哭倒的是彭阳境内的秦长城还是山海关境内的明长城，她的哭声是对暴政的反抗，是对草菅人命的朝代的控诉。她那已经久远的哭声，也不应当从我们的听觉中消失。温故知新，是人类得以理解生命价值的博大情怀，同时也是人类得以发展延续的精神财富。执政者在任何时代任何时候都不能失去民心、强奸民意，而是应当以人为本。

据史书记载，太武帝拓跋焘曾发动和指挥了震惊古今的统万城之战。就是那一战，将大夏国元气大伤。那一战被后人选入《孙子兵法·作战篇》，成为经典战例。拓跋焘主朝政之后，群臣建议其"设险主义"，拓跋焘听后摇头，说："古人有言，在德不在险。屈丐蒸土筑城，而朕灭之，岂在城也？"

看起来，我们也需要对长城的定义作一番重新审视了！

六盘山上高峰

　　我们乘坐的汽车刚刚驶进六盘山口，同行的朋友不约而同地把目光投向窗外。这座在我心中屹立了多年，带有神圣、神秘色彩的山，此时正云雾缭绕、烟霞升腾，远近的峰顶在苍茫的云海之中，显得巍峨高大，顶天立地，给人一种气势磅礴、志存高远之感。

　　六盘山又名陇山，古称高山，位于宁夏、甘肃、陕西三省区交界地带。据《山海经》记载："其上多银，其下多青碧、雄黄，其木多棕，其草多竹。泾水出焉，而东流注入渭，其中，多磬石、青碧。"意思就是说，六盘山中盛产白银，山下一带的土地上盛产碧玉和雄黄，山上生长着茂密的树林，其中以棕树最多，还生长着很多竹丛。泾河发源于这座山，向东流去，注入渭河，泾河之中盛产磬石和碧玉……同中国许多名山一样，六盘山也因其扼三省的战略地位，与中国历史一些重要人物产生了联系。据史书记载，秦始皇嬴政曾经在这里修建行宫、拜祭山岳，而后翻越陇山，又登上崆峒山后，才返回北地；汉武帝则曾经"翻越陇山，北出萧关"，七到固原，途中六临六盘山，在此观览和眺望过苍茫悲壮的固原河山；一代天骄成吉思汗征服西夏时曾被这青山秀水所吸引，在这里休养生息、整肃军队，后又病殒于此，结束了他征战半生的戎马生涯，在他屯兵、避暑的凉殿峡至今仍有不少遗迹。成吉思汗的孙子——元世祖忽必烈，也曾屯兵六盘山，在此修筑行宫。民族英雄林则徐被发配新疆时，历经坎坷地跋涉过六盘山，在此留下了悲愤的诗篇……然而，六盘山过去并没能跻身名山行列，说到底是传播问题，再说具体点是文人墨客来得少，易于传播的诗词歌赋欠缺。真正让六盘山沾上神圣色彩并且名扬四海的是在 20 世纪 30 年代。

1935 年 10 月 7 日是一个秋高气爽的日子。经过 25000 里长征的中国工农红军，在毛泽东、周恩来等领导下，登上了六盘山。毛泽东站在山顶上极目远眺，但见千峰竞秀，百谷争幽，一面面经过炮火硝烟洗礼的红旗，在西风中猎猎飘扬……毛泽东遥想红军走过的艰难历程，展望中国革命的未来前景，一股英雄豪情油然而生，临风寄怀，当场构思吟诵了《长征谣》："天高云淡，望断南飞雁，不到长城非好汉，同志们呀，屈指行程已二万，同志们呀，屈指行程已二万。六盘山上高峰，赤旗漫卷西风，今日得着长缨，同志们呀，何时缚住苍龙。"词中一句句"同志们呀"，好似用他指挥千军万马、无往不胜的大手，轻轻拍着同志们的肩头，动情地勉励着一同经历了千辛万苦的战友们前仆后继。这首自由诗后来经毛泽东八次修改，被改写为著名的词作《清平乐·六盘山》，于1957 年在《诗刊》创刊号上首次发表，六盘山从此广闻于天下，并成为红色圣地。

枪林弹雨的岁月已经渐渐远去，鼓角争鸣的硝烟也早已消散，毛泽东的"不到长城非好汉"，依然激励着一代又一代革命者激扬高昂地投入社会主义建设。据说，世界上很多国家的政要都熟悉这句诗，很多大学教授更是常常向弟子们讲授。在北京八达岭长城等景区，就可以见到一些穿着印有"不到长城非好汉"醒目大字的衣服的来自世界各地的游客。

在上山的一路上，"之"字形曲曲折折的盘山公路十分拥挤，上山下山的汽车不断从我们旁边驶过，看样子来这个"红色圣地"的游客并不少。一到山顶，我们一下子就被眼前的景色震撼住了。在红军长征纪念馆、纪念亭、六盘山红军长征纪念碑、青铜雕塑等组成的建筑群前，我发现所有的人，不管是老人还是孩子，不管是中国人还是外国人，都屏气凝神，严肃认真。一些参观者还不时停下来，与橱窗里红军的遗物

◆ 六盘山国家森林公园

合影留念。一位五十开外的外籍女士，一边不住拍照，一边不停地记录。她脸上的表情也在不停地变化，一会儿露出惊奇、惊喜，一会儿露出激动、感动。我不知她的职业，但有一点可以断定，长征精神深深地打动了她。她一定会从六盘山之行，进一步加深对中华民族、对中国共产党人、对改革开放的中国的了解。

我们在位于山顶的"长征纪念亭"前驻足很久，望着镌刻在大青石碑上的毛泽东《清平乐·六盘山》词手迹长卷，心潮久久难以平静。这一个个气势磅礴的大字，透露着红军的英雄气概，透露着一代伟人的思想境界，也透露着中国革命史的沧桑。环顾四周，只见群山连绵、层峦叠嶂，白云缠绕其间，绿树覆植其上，一派雄伟、壮观景象，心中更增几分豪情。

下山的路上，我们遇到几个中学生模样的少男少女。他们是沿着弯弯曲曲的盘山路步行上山的。宁夏的朋友告诉我们，每年高考之前，宁夏、甘肃、陕西，甚至更远省区都有一批批考生前来六盘山。有一个宁夏回族考生，第一年高考没有考上，第二年高考前专程来了一趟六盘山，在毛泽东手书的《清平乐·六盘山》碑刻和毛泽东的青铜像前献上了一束鲜花……那一年，他如愿以偿地考上了北京一所大学。

听了宁夏朋友的话，我们一行人都沉默了。其实，我们没有必要去责备那些少年学子"迷信"、盲目崇拜，他们寻找的是一种精神力量。

回望六盘山，我的感受是一个"气"字，即志气、勇气、生气。人在生活中都会遇到挫折和失败，但是，只要志气不倒，就能够战胜挫折和失败。生活中困难无处不在，但是，人必须有勇气，才能渡过一个个难关。至于生气，那是一个国家、一个民族、一个组织乃至一个人必须具备的。没有生气勃勃的局面，可能会一事无成。

人，难道不需要精神力量吗？难道不需要"不到长城非好汉"的英勇气概？

野荷花

世界上有各种各样的花儿。她们用其形形色色的笑容，把世界装扮得万紫千红，五彩缤纷，朝气蓬勃。千百年来，咏叹、赞颂、歌唱花儿的诗词歌赋层出不穷，大多唱其美丽、鲜艳、妩媚、灿烂……在宁夏六盘山景区，我第一次见到充满阳刚之气的花儿——野荷花。

六盘山有一条峡谷，人称野荷谷。在野荷谷里，凡是水流之处都长满了野荷花。水流弯曲，野荷花也随波浪形态并立，如同现在时兴的美少女组合，让人赏心悦目。据介绍，在六盘山景区，有水必有荷，有荷必依水而生。看来，野荷花与水结下了不解之缘。中国有句俗话说："仁者爱山，智者爱水。"野荷花之所以与水结缘，我想也是经过选择的吧。水，不仅是花的生命之源，而且能把花养得更加鲜艳夺目，更加招人喜爱。

宁夏的朋友告诉我,野荷谷的野荷花四季皆美。春天的野荷花,嫩绿鲜活,春色撩人;夏天的野荷花,枝繁叶茂,苍翠欲滴;秋天的野荷花,金黄一片,灿烂夺目;冬天的野荷花,银装素裹,分外妖娆。

我是五月末的一天到的野荷谷。野荷花还没有开,硕大的荷叶在蒙蒙细雨中摇曳。走近了仔细观察,野荷与普通的荷叶细节之处却大不相同。普通荷花的叶片、茎秆都很光滑,而野荷的叶片与茎秆却布满毛茸茸的细毛,质地也粗糙了很多,还带着各种纹理,加上从水中挺拔而立,更显得野性十足、桀骜不驯。

原来,野荷谷的野荷花并不是真正的荷花,只是长得与荷花很相似的一种菊科植物,名字叫做大黄橐吾,也叫做褐毛橐吾。这种草本植物茎秆挺拔直立,一排排,一行行,一副森严壁垒的样子。因为这种植物一般是 7 ~ 8 月开花,9 ~ 10 月结果,大多分布在海拔 1000 多米的山谷、溪沟之中,所以生性带有几分粗犷,给人一种阳刚之美。它不仅是一种特色鲜明的野生植物,而且可以入药。它性凉味苦,可散风热,具有活血散瘀、止痛的功效,加工后可用于治疗感冒、头晕、头痛、咳嗽、跌打损伤、痨伤咯血、月经不调等症。

在野荷谷,除了遍布谷底河边的野荷花之外,处处都有优美的景观,而且随着风的吹动、云的流动、树的摇动而变化无穷，多彩多姿，说其"十步之内，必有佳景"，或者说"移步换景"也丝毫不过分。向上望去，看到的是峭壁险峰，形状千奇百怪，有的似人面，有的如怪兽，也有的像浓墨重彩的油画……向山谷中望去，苍翠的林海茫茫一片，望不见尽头。一棵棵千年古树，从林海中挺身而出，耸入云端，天空中又增添了一朵朵绿色的云。往林中走几步，可以看到川流不息的香水河，还有忤逆洞、香水小桥、荷沁岩、香水独山、香水脑等景观。沿着潺潺的香水河上山，不管是遇到悬崖峭壁，还是林深丛密，只要看一眼野荷挺拔的身影，你就会浑身是劲，脚步坚定。

一种花儿，能让人感受到力量，不也是独具一格吗？

情人谷

　　毫不夸张地说，野荷谷是我见过的最美的山谷。因而，两年之后想起它，心里还会流出惊喜。

　　野荷谷位于宁夏泾源县城西，距泾源县城只有 8 公里，是泾河的源头之一。在宁夏泾源一带，人们亲切地称它香水峡、荷花苑。近些年，一些媒体还把它喻为"中国西部的情人谷"。

　　我们去野荷谷的那天，刚好赶上阴雨连绵的天气，虽然天气有些冷，但是雨中欣赏野荷谷别有一番风味。进入这条隐藏在幽幽六盘山中的小峡谷，清新湿润而又略带凉意的香风就扑面而来，让人不由自主地生出情趣。沿着南北走向的峡谷向里走，人的脚步也会情不自禁地放慢。脚下绿油油的青草地，连绵不断地延伸向山坡，细茸茸的叶子尖上还带着滴滴雨露，嫩绿的样子让人不忍心踏上去。抬头望去，两侧山峰连绵，高耸陡峭。峡谷中到处郁郁葱葱的绿树，随着阵阵风儿起伏，如同万顷碧波，不时还有阵阵林海的呼啸，好像惊涛拍岸。万绿丛中一点点红的花蕊，红得艳丽、红得醉人，就像一行行蓬勃的诗，让人浮想联翩。

　　沿着山路越走越深，让人着迷的景色也越来越多。徘徊在天上的浓云，好像也迷恋峡谷中的香风，顺着峻峭的山崖溜达了下来，缠绕在山腰之上，仿佛触手可及。随着绵绵的细雨，山峰间一片片如纱似绫的薄云不断地变幻流转，一会儿扯成一丝丝，缠绵流连于山间，一会儿又聚成一团团，犹抱青松半遮面。也许是神来之笔的恩赐，不多远就会出现一片开阔的草地。有一片草地上，分布着几个充满民族特色的蒙

◆ 在野荷谷走得越深，诗意越浓

古包，每一个蒙古包都有一个名字，什么窝阔台、拖雷，等等，听着十分耳熟，一打听方知是以成吉思汗的几个儿子命名的。离蒙古包不远处，还有一个射箭场模样的地方，破碎的战车、高高的蒿草、半掩于土中的石锁……一副古战场遗址的苍凉感。宁夏的朋友告诉我们，我们脚下沿着河床弯曲前进的道路，是秦始皇当年出巡的鸡头道，而蒙古包、射箭场，也的确是当年成吉思汗曾驻兵的地方。我不明白，就这样满峡谷的绿色、满峡谷的清香，怎么没能让成吉思汗停下战争的脚步？

　　一条细如羊肠的小径在前方若隐若现，就像一只无形而又神秘的手，把人们拉进幽深。在野荷谷里走得越深，诗意越浓。这时，可以隐隐听到一种奇妙的响声，像是更深的林中下雨了，是雨打树叶发出的回音，又仿佛有人在林中用琵琶弹着古老的音乐。总之，那是一种引人入胜的声音，让人不能不循声而接近它。走近了，潺潺流动的一溪碧水出现在面前。也许是最近阴雨连绵的原因，溪水水量充足，让她显得更加丰满。这就是香水河。她就像一位躲在山谷密林中洗浴的少女，洁白如玉，楚楚动人，洒脱可爱。香水河，一个多么浪漫而秀气的名字，用最简单最通俗的字眼，就赋予了听者以无尽的遐想。我凝望着水底招摇飘动的水草、青苔，不禁大力地嗅了一口河边的空气，草香？泥土香？野荷香？还是甜甜的泉水香？一时竟也无法分辨。河的两岸，遍布着袅袅婷婷的野荷花，叶片如盖，苍翠欲滴。清澈的河水掩映于荷叶之中，景色异彩纷呈。弯下身子，掬一捧河水闻一闻，真的有一种淡淡的香气。

　　这时，一个个来自天南海北的旅游团也到达了河畔，刚才还寂静无声的野荷谷一下子就热闹了起来。统一的小红帽、摇动的领队旗，不时的惊呼声，为这里带来了热情和活力。但是，开始时那种世外桃源的宁静却烟消云散了。这不能不让人感到有点遗憾。然而，转念一想，情人谷，就应当是大众的情人，那样，她才会早日名扬海外……

有一种风景叫歌声

—— 宁夏花儿印象

一开始听说宁夏六盘山花儿很美丽，常常让一些客人如醉如痴，流连忘返，我还以为是一种黄土高原上特殊的花儿，到了六盘山景区，才知道它是一种流行在甘肃、宁夏、青海、新疆等地区少数民族中间，深受广大群众的欢迎和喜爱的、独具风格的西北高原山歌。

一入六盘山景区，从打开的车窗就飘进来沁人心脾的花香，同时也飘进来让人耳目一新的甜美歌声。如同你分不清花香是从哪一片花的世界飘来一样，那歌声也让你分不清是从哪个山头上、哪片山林里飘来的。清丽妹子的歌声和粗犷小伙的歌声一唱一和，此起彼落，忽远忽近，仿佛已融入山间的云雾里和空气中，浓得化也化不开……

导游是一位很亮丽的回族姑娘。据她介绍，六盘山的"花儿"也叫做"少年"，旧时被称作"野曲子"、"山歌子"，迄今已经有 300 多年的历史。"花儿"以对歌时男方称女方为"花儿"，女方称男方为"少年"而得名。与西北其他地方的"花儿"不同，这里的"花儿"叫做"回族花儿"，有着宁夏浓郁的乡土气息和纯朴的生活情趣，而且"回族花儿"的语言采用了不少阿拉伯、波斯等外来语汇，同时大量使用了地区色彩很浓的方言、土语。以"尕"字为例，本来是"小"的意思，在"回族花儿"中大量地出现，比如"尕妹子"、"尕花儿"、"尕脸儿"、"尕畦里"、"尕牡丹"、"尕马儿"，等等，唱起来会让人备感亲切。

没等我们邀请，导游姑娘主动唱了一段"花儿"：

——我唱一个一呀，谁能对上个一呀，什么（子）开花一月一哟。

——你唱一个一呀，小奴家对上个一呀，那迎春么开花一月一哟。

——迎春么开花呀，哥哥妹妹叫，花开上个层层有多（哟）大。

——花开花落雨点儿大，小妹妹要戴迎春（哟）花呀……

我默默地听着导游姑娘的"花儿"，乍一听感到它很像黄土高原上流行的信天游和民谣，尤其是在曲调上十分接近信天游和民谣的特点。但是，仔细品味一下就会发现，它与信天游和一些民谣不同的是，因为深受几千年的伊斯兰教文化的影响，其曲调里还融合了伊斯兰咏经的音调元素。记得一位著名作家在一篇散文中讲到过伊斯兰咏经是伊斯兰文化的一个重要表现形式。因而，带有伊斯兰传统文化色彩的"花儿"，听起来的确别具一格，引人入胜。

在我们热烈的掌声中，导游姑娘略带羞涩地说："真正的'花儿'，歌词都是即兴创作，脱口而出。我这是唱固原一首传统的'花儿'《十对花》。"接着，她向我们介绍了一部根据流传在六盘山同心县回族聚居区一个爱情故事改编而成的"花儿"歌舞剧《曼苏尔》。故事中的回族放羊娃名字叫做曼苏尔。他每天都在深山中放羊。有一天，他在放羊的时候，救起了一条受伤的小白蛇。这条小白蛇是龙潭老龙王的三公主。曼苏尔和被他救起的三公主在相处中渐渐地产生了爱情。三公主宁愿抛弃龙宫的舒适享受，随曼苏尔在人间生活。然而，财主杜拉西心怀歹意，想霸占三公主。为了除掉曼苏尔，他想出了一个恶毒的计策。他先是让曼苏尔砍来山一般大的一堆柴。曼苏尔在三公主的帮助下做到了。杜拉西又让曼苏尔到狼窝里背案板，结果曼苏尔在三公主的帮助下，又有惊无险地完成了。杜拉西见害不死曼苏尔，又想出第三条毒计。他安了一口比海还大的铁锅，让曼苏尔担一担水填满它，再拿三根麻秆柴把水烧开。曼苏尔在三公主的帮助下又成功地办到了。最后，杜拉西丧心病狂地让曼苏尔下到沸腾的水里转一圈。曼苏尔不但平平安安地回来了，还背回两疙瘩金子。杜拉西和他的儿子也想下去背金子，跳进沸水锅里，但只摆了摆手就再也没有上来。曼苏尔和三公主从此恩恩爱爱地过上了好日子……

听了这个故事，同行的朋友们展开了热烈的讨论。有的说这个故事虽然带有神话色彩，但反映了回族劳动人民对爱情和幸福生活的向往，以及嫉恶如仇，不畏强暴的坚强性格；有的说这个故事反映了自古以来回汉之间的民族团结。回族相信真主安拉是唯一的神，而故事中的龙王则是汉族崇敬的神。三公主为了与曼苏尔永结同心，竭尽全力帮助他渡过一次次危难，是回汉民族人民血肉相连、民族团结的历史见证；有的说故事与汉族一些古代爱情故事很相似，说明早在远古时期回汉文化就相互影响……

听了导游姑娘讲的故事、唱的"花儿"以及景区不时响起的"花儿"，我深有感触。20世纪80年代初期，我曾参与过地方民俗文化研究，搜集、整理和研究、开发过民谣。我知道，一般称之为民谣的，大都出自民间，也就是说，创作民谣的人，不是达官贵人，不是文人墨客，而是广大劳动人民。他们在"锄禾日当午"之时，在田头的树阴下小憩之时，在月光如水的乡场上打麦之时，在炕头上纳着鞋底之时，在河边洗衣之时……有感而发，脱口而出，想唱就唱，无须构思，无须提纲，更不需要经过什么人审查批准。他们唱劳动的美丽、唱生活的艰辛、唱爱情的忠贞、唱儿女的未来、唱梦一般的向往……他们用自己的情感、理想、信仰、追求赋予了民谣以灵魂。从某种意义上说，民谣已成为劳动人民的一种口头文学，有着相当珍贵的历史及文学价值。仔细研究不难体会到，民谣的语言虽然十分朴实，有的还相当粗鲁，但"赋""比""兴"的运用却恰到好处，自然流畅，朗朗上口。因而，民谣才得以广为传播，甚至千年万代经久不衰。我相信，六盘山"花儿"真正的舞台，是在广袤的田野之上，巍峨的高山之上，已渗透于山水和万物之中。

宁夏的朋友告诉我们，过去，"花儿"唱得最多、唱得最好的就是那些羊倌、脚夫、货郎还有驼客，今天，唱得最多、唱得最好的也是那些普通劳动者。他举例说，有不少司机就喜欢在车上放"花儿"，而且兴致来了随口就唱。他还告诉我们，六盘山下的固原县、黄河灌区的吴忠县和自治区的首府银川，每年都举办盛大的"花儿会"。参加"花儿会"演唱的歌手，大多都是回族农民。他们当中有年过花甲的老歌手，也有年仅十几岁的新秀。"花儿会"上，有独唱、对唱和联唱，而题材则有抒情，有叙事，有借景抒情，内容上至天文、下至地理，历史故事、家庭生活，其中数量最多、内容最为丰富的，则是情歌。而情又是人世间最感人、最珍贵、最不可缺少的。说到这里，他激动地吟唱了一段"花儿"：

　　"沙枣子开花香天下，塞上江南好宁夏，东有黄河一条龙，西有贺兰山宝疙瘩，一马平川的好庄稼，富饶花儿开，花开人人夸。"唱完，紧接着又说了一段快板："富饶美丽的宁夏川，人民勤劳又勇敢，自从宁夏得解放，回汉人民把身翻，叫一声同志们：弹起弦子打起板，咱们把歌儿唱一番，唱一唱咱们的宁夏川。"

　　我们受了宁夏朋友的感染，纷纷要求导游姑娘教我们一段"花儿"。导游姑娘没有拒绝，很开心地教了我们一段表达情感的"花儿"："荷花是姑娘的脸蛋子，河水是大山的……老婆也变成新鲜的……"这一声声朴实鲜活的"花儿"，就像那六盘山上野生的酸杏子，乍咬一口，酸酸的山野味盘桓舌尖，细细一品，却觉得质朴的芬芳久久不散。唱着这些农夫、村姑、放羊倌们口口相传的"花儿"，我深深感受到，这些"花儿"中的"尕妹子"、"尕花儿"，被比作"荷花"的"脸蛋子"……虽然是实实在在的大白话，但是它们所表达的感情，却直接、热烈，更带着西北人特有的那火辣辣的唱腔，对着大山吼上那么一段，相信即使是最腼腆的"淑女"，也会变得敢爱敢恨，敢想敢做！同时，我也想到，用歌唱情，用歌抒情，用歌传情，是"花儿"永久的生命力，同样，也是华夏文化得以源远流长的不竭的动力。

　　其实，歌声也是一道优美的风景。

贺兰山抒怀

　　在中国辽阔的国土上，坐落着一座座崇山峻岭，国人耳熟能详且闻名于世的有黄山、泰山、庐山、恒山、华山……不胜枚举。每一座山有每一座山的特色、特点和特别之处。可以说每一座山都是一座中华民族历史文化的"金山"。提起贺兰山，我们眼前就会出现唐代诗人王维"贺兰山下阵如云，羽檄交驰日夕闻"的激烈的战争场面；耳畔就会响起岳飞"驾长车，踏破贺兰山阙。壮志饥餐胡虏肉，笑谈渴饮匈奴血……"的壮烈悲歌。毫无疑问，在很多人心目中，贺兰山是一尊矗立的英雄，是一首不衰的赞歌。

　　从我第一眼看到贺兰山，就被它磅礴的气势震撼了。它的山脉雄伟峻峭，峰峦起伏，从形状上看，仿佛一匹奔腾的骏马，由东北向西南驰骋于银川平原和阿拉善高原之间。据说，贺兰山得名正因为如此。在蒙语中"贺兰"正是骏马的意思。它位于宁夏回族自治区和内蒙古自治区阿拉善盟之间，处在浩瀚的沙漠之中，北接乌兰布和沙漠，南连卫宁北山，西傍腾格里沙漠，东临银川平原，俨然是银川平原的一道天然屏障。在贺兰山大小 45 个山峰中，较大的山口有 38 个，平均海拔在 2000 米以上，其主峰"敖包疙瘩"海拔 3556 米，比我国著名的五岳都要高得多。之所以名为"敖包疙瘩"，是因蒙古族人在贺兰山巅用石头堆起了一个"敖包"祭神。"贺兰之山五百里，极目长空高插天"，就是赞美敖包疙瘩的。

然而，贺兰山不同于一些名山大川之处，在于它特殊的地理位置让它承担了千百年刀光剑影的战争患难，让它的历史苍凉而雄壮，让它冷峻挺拔的身上布满了累累伤痕。匈奴人的号角吹响了一遍又一遍，西夏人的战鼓擂响了一阵又一阵，蒙古人的铁骑好似那朔方的寒风，气势汹汹而来又风卷残云而去……让其深厚的文化内涵与壮丽的景色，都浸泡在血中。即使到了今天，我们这些远道而来的人们，看着贺兰山那略呈黑色的躯体，仍然有一种悲壮之感，不禁一遍遍在心里发问，难道贺兰山自古就是如此苍凉？直到去过西夏王陵和苏峪口国家森林公园，我才相信，贺兰山为中华民族做出了巨大的牺牲。

昔日的贺兰山曾经是郁郁葱葱，水草丰茂，万木常青。贺兰山下的西夏王陵，作为我国现存的最密集的帝王陵区，被世人称为"东方金字塔"。当年西夏王朝建都银川，疆域"东尽黄河，西界玉门，南接萧关，北控大漠，地方万余里，依贺兰为固"。而那时的贺兰山绝壁千仞，松林如海，极目东望，银川平原黄河如带，阡陌纵横，沟渠如网，稻谷飘香，一派"塞上江南"风光。西夏国在山上建了皇家林苑，建有"离宫"、"避暑宫"等皇家宫殿和皇家寺院。而苏峪口至今仍然林木葱郁、泉水潺潺，景色秀美，风光旖旎……这一切表明，贺兰山曾经是一颗绿宝石。它作为我国一条重要的自然地理分界线，不但是我国河流外流域内流区的分水岭，也是季风气候和非季风气候的分界线。它用自己高大的身躯，横亘在茫茫腾格

◆ 雄奇的贺兰山

里沙漠与银川平原之间，阻挡着来自西北的高寒气流，遏制了腾格里沙漠的东移，守护着被称为"塞上江南"的宁夏平原。自古以来，匈奴、突厥、党项、吐蕃、蒙古等古代少数民族先后在这里游牧、狩猎，生生不息……千百年一次次战火掠夺，千百年一次次沙尘暴侵袭，千百年一次次风雨洗礼，加上为了生存的人类一代代的过度放牧、采伐、刀耕，它的森林生态系统遭到严重破坏，水源涵养功能急剧减弱，草木稀疏，一派繁华过后的悲凉景象，就像一位只剩下一身筋骨的老者，仍然铮铮地充当着生态屏障。

宁夏的朋友告诉我，为了拯救贺兰山的原始生态屏障，国务院 1988 年将贺兰山列为国家级自然保护区，在部分山区封山育林，在西部大开发中，又将贺兰山全面封山禁牧，作为天然林保护工程的重点。生活在这里的各个游牧民族也陆续地走下了贺兰山，开始了新生活，结束了贺兰山千年放牧历史。经过多年努力，在昔日岩石裸露、水土流失严重的海拔 1800 米以上的封育区，已经长出黄刺梅、蒙古扁桃等灌木和一丛丛青草。整个保护区森林覆盖率平均提高 4%，马鹿和岩羊等国家级保护野生动物数量比 10 年前提高了 30% 多。一个生机盎然的绿色的贺兰山正在恢复其昔日的面貌。目前，在贺兰山自然保护区的巍巍群山中，共有维管束植物 81 科 318 属 655 种，生长着 2.4 万公顷天然次生林，孕育着 100 多种珍贵中药材及蘑菇等山珍。贺兰山自然保护区还有陆栖脊椎动物17 目 45 科 135 种，其中兽类 6 目 13 科 42 种，鸟类 9 目 26 科 81 种，爬行动物 1 目 4 科 8 种，两栖动物 1 目 2 科 4 种。珍贵稀有动物共 14 种，兽类 6 种，如马鹿、麝等。鸟类 8 种如黑鹳、蓝马鸡等。属于国家保护动物有马鹿、麝、斑羚、黑鹳、蓝马鸡、胡兀鹫、鹰等。正是这些种类、形态、习性各不相同的动植物，为地处塞外的贺兰山平添了勃勃的生机。除此之外，贺兰山中矿产资源也种类繁多，驰名中外的太西煤就蕴藏其间。

这时，我眼前的贺兰山变得山势宏伟，风光秀丽，山涧潺潺，林涛阵阵；春季百花芬芳，争奇斗艳；金秋玛瑙般的樱桃、山杏、野葡萄挂满枝头，绽红吐绿，令人心醉。我想，这不是梦幻，而是正在向我们走来的人间美景。

热眠在石头里的梦想

——贺兰山岩画

者狂热的梦想呢？

贺兰山岩画艺术造型粗犷奔放，构图朴实，具有独特的意境和艺术价值。观看那些形形色色、各种各样的人面像，你就会发现，尽管画面简单，造型简洁，走笔粗犷，但仔细品味，其实都具有较强的艺术感染力。尤其是一些表情或夸张或抽象的独特的人面像，更具有穿透力。宁夏的朋友介绍说，经过一些专家学者的研究，认为每幅岩画，都与其作画人的信仰、经历、生活习俗以及作画时的心情有关。比如有的人头上长着犄角，可能就是表现狩猎时的伪装。那些岩画中的女性，或戴着头饰，或绾着发髻，个个风姿秀逸，楚楚动人，生动地表现了古代妇女对美的追求，以及那个时代的人们对女性的审美观点。那些表现动物的，比如欢快奔跑的小鹿，摇头摆尾的小狗，温柔敦厚的山羊，风卷残云的骏马，张牙舞爪的狮子，等等，个个形象逼真，栩栩如生，活脱脱一个世界。

看了贺兰山岩画，一个非常明显的感觉是，这些既非那个年代的专业画家，更不是同一个时期或者一个年代完成的伟大作品。据专家考证，这些岩画前后延续长达 2000 年之久，大致可分为两个时期：一是先秦时期匈奴游牧部落所作；二是五代至西夏建国之初，党项族所作。这就是说，从春秋战国起直到西夏、元、

我相信尼采没有到过宁夏银川，所以也没有看过贺兰山岩画。但是，尼采有一句名言："石头里热眠着我的一个理想，我的一切梦想的象征……"却好像针对贺兰山岩画所说。这是我看了贺兰山岩画后的感想。

绵延500多里的贺兰山，像一只奔驰的骏马穿越宁夏回族自治区。在山东麓的12条纵横交错的沟壑里，散落着几万幅古代岩画。有人把它誉为"游牧民族的艺术画廊"、"历史文化宫殿"、"塞外古代艺术长廊"……无论怎么评价这些岩画都不过分。我认为，贺兰山岩画还是华夏儿女的精神家园。

我们是在春夏之交的一天去的贺兰口。贺兰口是距银川市56公里、贺兰山的一个山口。现在也是国家级风景名胜旅游区。那天的阳光很灿烂，在山顶上欢蹦乱跳。一进入贺兰

口，但见两旁山势奇异，峰峦险峻，谷深而幽静，一条曲折的河流，虽然已经干涸，但从宽阔的河床依稀可[见]百年甚至上千年前的丰满。据说，这里是贺兰山岩[画]之地。山口内外分布着5000多幅岩画，其中人面像700多幅。我们看到的第一幅岩画就是一幅女人面[像]幅人面像的表情，我们同行的几个人各抒己见，[还]有的说她的目光中含着淡淡的忧郁，是在考虑[着]有的说她目光中透出深重，在思考着子女的[教]一番争论，才引起了我更大的兴趣，因此看[着]而且越看越感到引人入胜，越看越发现[她]得心驰神往。

贺兰山岩画历史悠久，是大约30[00年前]远古人类的作品。它涉及的题材相当[广泛]祭祀、战争、娱舞、交媾等生活场景[，有]豹等多种动物图案和抽象符号，[还有]画动物足蹄。在一幅岩画前，我[们]争论了好大一会儿，最后还是[一]只马蹄印。这时，你不能不[想到]在塞上地区，马是人生活[中]骋塞上，并且建立了自[己]长和壮大的。那只雕刻[的]

明，从匈奴、鲜卑、羌、柔然、突厥直到党项、吐蕃和蒙古的 2000 多年（也许要追溯到两万年）里，曾在贺兰山里放牧、狩猎的民族都留下了岩画。这一点，从岩画的镌刻手法上也可以看出来。有些岩画是先凿后磨，线条光滑；有些岩画则是先勾轮廓，再加深线条。这些岩画或用兽角、石器，或用粗糙的金属、损毁的兵器，或刻，或磨，或凿，体现了不同时代与不同民族的特点，以及那个时代的生产力水平。至于岩画的作者，应当多是生活在社会底层的普通劳动者。他们中几乎没有一个人留下名字，就是说没有一个人想过要流传千古。他们更不可能想到，几千年、几百年后，每天会有来自世界各地的人们前来观赏他们的作品，而且把他们的作品称之为最伟大的艺术，甚至说他们的作品"揭示了原始氏族部落自然崇拜、生殖崇拜、图腾崇拜、祖先崇拜的文化内涵"，"是研究中国人类文化史、宗教史、原始艺术史的文化宝库"。他们中的大多数人，也许只是一时兴起，也许是为了和别人攀比……但是，有一个共同点不可否认，无论刻画什么样的形象，作者都是怀着一颗虔诚的心，倾注着一腔热望，把他们的信仰、人生、习俗、梦想，无拘无束、淋漓尽致地刻在了贺兰石里……

其实，有梦想的民族才会有希望；有梦想的人才会活得踏实。

◆ 神奇的贺兰山岩画

贺兰山景区

　　近年来，中国的旅游业呈现出蓬蓬勃勃、方兴未艾之势。一些过去深藏偏远山沟之中的古老村庄被开发出来，一些多年默默无闻的地方一夜之间显露峥嵘，蜚声中外……随着旅游景点的增多，人们对旅游产品质量的要求也提高了，不仅要好看好玩，还要能品味出一种文化或者收获一点启示。于是，很多旅游景区不惜重金"深入开发"其历史文化，挖空心思地把古今中外的一些名人朝景区里请。更多的景区大兴土木，复制一些古建筑，制造一些人文景观。专家学者和广大群众对此早有批评，认为既破坏了景区的自然生态环境，又容易形成互相攀比，历史人文上的造假风气愧对子孙后代。有专家指出，一个景区，越是原始、原生态、原汁原味越有个性，越能吸引人。到宁夏贺兰山苏峪口国家森林公园参观以后，我对专家的这一观点感触更加深刻。

　　苏峪口位于银川市西郊、贺兰山宽厚的怀抱之中，拥有近万公顷的面积。这里群峰连绵，山势挺拔，带有高原的雄性之美，而满山苍翠茂密的森林和偶然可见的潺潺流水又为其平添了几许妩媚明丽，置身此山中，既能感受到泰山之雄，华山之险，也能领略到黄山之秀，庐山之美，南方山的秀丽和北方山的壮美在这里自然而又巧妙地融合到了一起。高耸入云的油松、杜松、云杉等天然林木一望无际，郁郁葱葱；形形色色，红的、黄的、紫的、粉的、白的、黑的……珍稀灌木遍布沟壑之中，天然而成的林海景观，四季色彩斑斓，变幻无穷。登上峰顶之时，人已仿佛立在云中，宏伟险峻的景观给人一种回归大自然、陶醉大自然的美好心境。

走在山间的小路上，心里感觉到十分滋润。这里的景色新鲜得如同刚刚生长出来。如果用一个字来形容就是"鲜"。鲜得水灵灵、湿漉漉，空气中都像浸着清泉一样的水。刚刚抽芽的落叶松，嫩绿的颜色鲜得叫人不忍再看。那些数不清的野花，白的一簇簇、蓝的一丛丛、红的一团团，还有繁星般撒落四处的紫红色小花，叫人目不暇接。偶尔地，树丛中还会跳出来几只惊恐的小松鼠，晃动着毛蓬蓬的大尾巴一闪又不见。还有一种鹌鹑大小、不会飞的野禽，当地人把它们叫做"呱呱鸡"，时常大胆地穿过小路，神气活现地看一眼不远处的人们，然后跑向另一边的树丛。宁夏朋友告诉我们，宁夏这些年非常重视生态环境保护，在一些保护区，由于采取了一系列的保护措施，多年绝迹的野生动物竟然再现于深山之中，而且逐年增加，吸引人们纷纷前来观赏。听到这样的消息，不由得让人感到一丝欣慰。

我们上山的这天，恰好赶上阴雨天气。起初，大家都在遗憾天公不作美。然而，当行至高山之巅时，我们又收到了一份惊喜的礼物：云海。莽莽苍苍漂浮流转的白色云海，就这样毫无征兆地突然出现在了我们的面前。远处山间的苍茫的云海，波澜壮阔、浩瀚无际，千条深谷，万道山梁，都淹没在了云涛雾海之中，让人顿生"江山如此多娇"的万丈豪情。而近处山峰之间的云，则似雾非雾，似烟非烟，轻纱般飘荡在山间，风激云扬处，流云漫卷，青山若隐若现，让人如入蓬莱仙境。云海苍茫间，只见重峦叠嶂的群峰露出了各自不同的面目。有的因万年的风沙侵蚀，仿佛一朵蘑菇；有的受千年寒流侵蚀，如同瘦骨嶙峋的老人；而有的被千年暴雨洗得像美丽的少女……

◆ 苏峪口国家森林公园

244

这时，你就会承认，任何人造景观，都远不如自然形成的景观让人惊心动魄，遐想联翩。

在贺兰山景区，我们还领略到了溪水灵动之美。那条小溪绕了一道道弯儿，忽而出现在岩石之上，忽而伏在山林之中，仿佛是个调皮的孩子在与人捉迷藏。我们便沿溪逆流而上，曲曲折折的溪边小路，突兀嶙峋的溪中大石，还有清清淙淙的悦耳的流水声，林水相依，群峰倒映，山因水秀、水因山活，整座山、整片林，都因为涓涓溪水而生机蓬勃。偶尔驻足下来，倚在百年的树上，听着潺潺的流水声与阵阵林涛的对话，实在是"此中有真境，欲辨已忘言"。

一路游览下来，每个人的心灵都在那纯净的溪水中得到了洗涤，同时也对贺兰山乃至宁夏有了一个重新认识。原生态是一种心态，是一种对自然的态度，说到底是一种精神境界。你在这种原生态的景区旅游，会情不自禁地产生一种回归大自然的感受，同时，心灵上、精神上也会得到真正的抚慰。它会让人暂时忘记烦恼、烦躁或者烦忧。

有人用"某山归来不看山"来形容某山的山色，我从贺兰山景区归来后思想也发生了变化。我认为一个旅游景区不但应有独具一格的景观，更应当具有一种境界。什么样的境界，会给游客什么样的影响。贺兰山苏峪口景区给我的影响是，让我很长时间觉得记忆和心里都很潮湿。

小憩中的同心

因为是路过，所以我们在同心县宾馆吃了午饭就上了路。然而，我无意地向车外看了一眼，却让我记住了这个县城。

街道边有一个棚子，棚子顶上挂着一副汽车轮胎，一看这个特别的标志就知是候车铺。棚子下边，放着从旧车上卸下来的座椅和几个凳子。那张从汽车上卸下来的椅子上，躺着一个人，脸上盖着一张用来遮阳光的旧报纸。由于距离不是太远，可以看见他的腹部一起一伏，像波浪一样，说明他已经睡熟了。坐在椅子上的那个，头耷拉到了一边，看上去也已进入了梦乡。旁边，一个小凳子上坐着的老人，戴着眼镜在低头看报纸，手里捧着一只茶壶。我突然感到，这是一个久违的而又十分珍贵的生命影像。

记得 20 世纪 80 年代，我在做一家文学刊物的主编时，曾编发过一位青年诗人的短诗《小憩，我点燃一支香烟》。诗的原句记不清了，但诗构成的一幅浓郁的生活画面，却深刻地印在我的脑海之中，而且非常清晰：它的背景是改革开放、实行责任制以后的苏北地区农村，一位农民在自家的责任田里劳动，小憩时一边抽烟，一边与老黄牛聊天的情景。诗歌发表后，有一位评论家给予了好评，意思是说诗的内容反映了改革开放前后农民的生存状态、生活心态。今天在同心县城见到的这一瞬间人生，好像在召唤我心灵深处的生活情节。趁着这个机会，我在车上打量着这座县城。

县城不大，从街道的这头，可以清晰地看到另一头已经与田园交接的地方，用刘翔的速度，如果没有太大的障碍，估计十几分钟就能穿城而过。临街有一些近几年建的楼房，更多的还是些上了岁数的平房。不过，房前屋后很多高高大大的树，浓浓密密的枝，宽宽大大的叶，给这座县城增添了绿色的笑意，让它透露着勃勃生机。我留意看了一下，那些树下，也就是那些居民的门前，午后小憩的人们千姿百态，丰富多彩，组成了一幅黄土高坡市景图。

一张小方桌旁，四个老人围坐着正在打麻将，两男两女，看上去像是一对老夫妇。我的目光从老人背后穿过，房子里的货架，琳琅满目的商品清晰可见。一辆人力三轮车静静地停在一旁，车上放着一把小椅子。它告诉人们，这四位老人中的其中一对老人，就是这辆人力三轮车载过来的。这时，你可以想象，老头子轻松悠闲地蹬着三轮车，嘴里哼着轻松悠闲的小曲，老太太坐在车上不时地叨唠："慢一点，你以为你还是花儿啊？！"他们来到老朋友（也许是亲戚）的铺子，互相开着调皮的玩笑坐到麻将桌前，那种心情一定是怡然自得的。

有一棵非常高大的树，树枝粗壮，树冠很大，仿佛一把撑开的伞。如果在远处看，则很有可能把它误认为是一片云。这棵树裸露的根部尤其丰满。横七竖八的树根上此刻坐着十几个年轻人。他们有的在打扑克，有的在下象棋，有的双臂相拥托着头在打瞌睡。在树根的旮旯里，有几只铁锹，铁锹的尖上还沾着新鲜的泥土，铁锹柄上有的挂着旧草帽，有的系着毛巾。它清楚地告诉我，这些年轻人中有的是在附近的工地上做活，中午小憩的时间凑在一起乐和乐和。让我心里惊异的是在我们的车子拐过去，树的另一侧面呈现出来的镜头。那是一对年轻人，男孩坐在一根粗长的树根上，女孩仰面躺在男孩的怀里，两个人的脸贴在一起，唇也贴在一起……

他们是在县城打工的，还是中学生？不得而知。但有一点可以肯定：这座小县城并没有因为贫穷而拒绝爱神的到来！从打开的车窗，飘进来一股清香。原来是午后的和风，携着与这座小城紧密连接的土地上的芳香在小城散步，让午后的小城充盈着浪漫和想象。

车子驶出同心县城很远了，我还在回忆着小憩中的同心的情景，想给自己找一个记住同心的理由。小憩是一种超越工作之外的洒脱，是一种短暂的休养生息，是为了让生命更好地提速。

这，是不是可以算作一种人生哲学。

赶毛驴的大嫂

她是赶着毛驴与我们迎面走来的，所以，引起了我和同行的注意。

毛驴可以说是人类最忠实的朋友。它勤苦、勤劳、勤奋，往往出着牛马力，在主人面前却得不到牛马那样的待遇。我印象中，最能表现毛驴的是新疆库尔班大叔，他骑着毛驴，千里迢迢到北京去见毛主席的故事，在20世纪传遍全国，还被编成歌曲传唱。据说，至今在新疆还有他骑着毛驴的雕塑。

赶毛驴是陕甘宁一带的民间艺术，有着上千年历史。每逢重大节日搞庆典活动时，赶毛驴是必然出现的传统节目。那个时候，被选中的毛驴一下子身价百倍，又是披红挂花，又是佩戴红色罩子，在唢呐声中，随着人们欢快的秧歌舞步，也飘飘然起来。

毛泽东主席曾借赶毛驴比喻与蒋介石作战，叫做一推，二赶，三打，既形象生动，又富有哲理。这个经典的战略战术恐怕外国人不容易学习。

我小时候，每逢寒暑假就回皖北肖县老家。那时还是人民公社的集体化制度，毛驴由生产队统一喂养。一个队里大概有几头毛驴，是用来打麦子时拉碾子、磨面时拉磨用的。这是毛驴的专利。大人告诉我，毛驴戴上眼罩，就只会低着头转圈儿。一头毛驴，拉着几百公斤重的石磨，不停地转啊转啊。老人端着一筐粮食跟在毛驴的身后，不时向磨眼里注入粮食。磨眼里进去时是颗粒，出来时则是细细的面粉。记得老人一边走，还不时地哼着小曲，毛驴好像熟悉了那小曲，走路的节奏与小曲配合得十分和谐。我记得爷爷生产队里有一头毛驴死的时候，全村人都很伤心。生产队的饲养员蹲在毛驴的尸体前，大颗大颗的眼泪往下掉，就像死了亲人一样。最后，队里几个壮实的劳力把那头毛驴的尸体拉到生产队的一块地里郑重地埋下了。那只毛驴戴了多年的套子，被饲养员挂在门前很久很久。多少年没见毛驴了，所以，乍一见毛驴，我心里真的有几分喜欢。

那头毛驴看上去年龄不大。身上驮着两只硕大的水桶，约有半人高。不用问，我们就明白，那个大嫂是赶着毛驴去驮水的。这一带是黄土高原，吃水相当困难，据说要到十几里外驮。家庭富裕一些的人家，有拖拉机、三轮车甚至汽车去运水，家庭困难的也只有用毛驴这样的原始工具去驮水了。这个时候是晌午，算一算时间，大嫂和她赶的毛驴应当是在凌晨出发的。那时，天上还有星星，地上灰雾蒙蒙。大嫂先给毛驴喂上饲料，让它吃着喝着。然后，大嫂开始做早饭。饭做好以后，毛驴已经吃饱喝足。大嫂再看一眼熟睡中的孙子或孙女。可以想象，她的眼神中既充满了无奈，又充满了期待。毛驴早已熟悉了大嫂的生活规律。这个时候，它很老实地站在院子里，等候着出发。当大嫂把水桶托起的时候，它还会主动地低下身子，帮大嫂一把。

村子里高一声低一声，紧一声慢一声的鸡叫声，与邻村的鸡叫声此起彼伏，遥相呼应。大嫂和毛驴上路了。大嫂太累了，有时走着走着就打起了瞌睡。迷迷糊糊中，毛驴成了她的向导。如果遇见路上有同类，或者不熟悉的人，毛驴会主动地仰天长啸一声，提醒大嫂。大嫂也就会机灵地睁开眼睛，四下张望。如果没有什么危险，她还会嗔怪地骂毛驴一声。但那骂声中也包含着疼爱和亲昵。人和牲畜的关系在那个时候竟然那么亲密无间。

大嫂对毛驴的感情的确很深。她知道，毛驴驮着的不仅仅是两桶水，而是生命之源。所以，她累了休息的时候，把那两只水桶从毛驴的身上取下来，让毛驴也休息一会儿。大嫂对着水桶，看着自己在水里的模样，额头上的皱纹又多了几道，头上的白发又多了几根，唯有那双眼睛还是那样清澈。大嫂此刻看着在一旁低着头的毛驴，心里不禁涌出少许酸楚。这就是人生！

　　每天，黄土高原的晨曦里，那坎坷不平的山路上，大嫂和毛驴俨然成了一道亮丽的风景。这使我想起美国女画家爱迪娜·米博尔的一段话："美的最主要表现之一是，肩负着重任的人们的高尚与责任感。我发现这一点特别地表现在世界各地生活在田园乡村的人们中间……"

　　我不禁对大嫂充满了敬意。遗憾的是，没等我拿出相机，大嫂就和毛驴走远了。我多么想拍下一幅大嫂赶着毛驴的照片，将来有机会的话，交给她的孙子看一看，这就是黄土地上的母亲。

　　我甚至想如果有这样一张照片，我还会把它送给国家博物馆收藏，让更多的炎黄子孙们知道有这样引以自豪的母亲。

固
原
古
城

　　生活中，尤其是在旅行中，常常会出现这种情景：你停留时间很长，看得很细的东西，却没能留下深刻印象，也没有引起心潮激荡，离开以后即刻就忘记了；而有时只让你看了一眼或者见了一面的东西，却让你印象深刻。有人说这与一个人的知识水平有关。这话有一定的道理，但不全面。其实，真正让人能够留下印象的，一定是心灵冲撞或者说震撼的东西。因为时间很短，我们没有在固原城停留。但是，这座黄土高原上的古城，之所以让我无法忘记，正是它在我心中产生了强烈的冲击波。

　　大凡熟悉历史的人，对我国许多古老城市的发展经历都会有所了解。一般来说，城市的起源都得益于便利的交通，要么是渡口，要么是隘口，要么是四通八达的枢纽位置。作为古丝绸之路北线的边关重镇，固原素来"左控五原，右带兰会，黄流绕北，崆峒阻南"，所以，固原开始也是因为其地理位置而驻军，因而那时的固原称"安定"。"安定"两个字，淋漓尽致地表现出它的位置的重要。因为有了驻军，渐渐地有了人聚集；有了人居，就有了生产；有了生产、就产生了交换，即商品交易，现在时髦的称谓是市场经营。前些年有人提出经营城市，其实早在古代，那些帝王们就非常注重经营战略要地的城镇。在固原的史书上，留下过秦始皇、汉武帝、宇文泰、成吉思汗、忽必烈等经营固原的足迹。他们或亲临固原视察，或在固原置州、驻兵，在固原设置中央派出机构，其规模之大，权力之显赫，在当时就全国而言也是罕见的。固原又因是连接西安、兰州、银川的重要交通枢纽，东西方文明在这里交流和交汇。最辉煌的时期当数汉唐，闻名中外的丝绸之路发展阶段。

史料记载，固原先后有戎族、羌族、匈奴、敕勒、鲜卑、月氏、突厥、柔然、党项、女真、鞑靼、蒙古、回回等少数民族和汉族等 20 多个民族在此繁衍生息、迁徙组合，建立和产生了各种政权组织、经济类型、生产方式、文化艺术、民族风俗、宗教信仰。那时的固原商贾云集、繁荣兴旺，世界各地、各种肤色、各种语言的商人往来频繁，自由贸易可谓繁荣昌盛、魅力四射。狭窄的街道两边，一座座店铺林立，店铺门前挂着形形色色的招牌；戴着礼帽的中原人，缠着头巾的波斯人、穿着长袍的蒙古人、骑着骆驼的阿拉伯人……南腔北调，林林总总，汇集成一股股沸腾的热流，来了，去了，又来了……

然而，给所有现在第一次到固原的人的印象是，这是一座平凡的，或者说很不起眼的城市。车子从市中心穿过，一车都是困惑、迷惘和疑问的目光。我猜得出同行人的的想法：是什么摧毁了这座塞上古城的繁荣？淹没了它的辉煌？

◆ 固原博物馆

　　经过固原博物馆时，宁夏的朋友告诉我们，始建于 1983 年，占地面积 1.4 万平方米的固原博物馆，馆藏极为丰富，展品自固原出土的从古至今 10000 余件文物，这些文物丰富多彩、璀璨瑰丽，有能证明其悠久历史的旧石器时代晚期遗物、丰富的新石器时代文化遗存、发达的春秋战国青铜文化、两汉高平墓葬、驰名中外的丝绸文物和令人瞩目的中亚粟特人史氏墓地等。一万余件馆藏文物中，有国家一级文物 120 余件，国宝 3 件。其中北周李贤墓出土的波斯萨珊王朝的"鎏金银壶"、"突钉装饰玻璃碗"，是全国乃至世界仅存的波斯萨珊文物中的精品，是该馆镇馆之宝。这两件"国宝"证实了固原在丝绸之路东段北道上的重要性，也证明了古代固原与各少数民族的友好往来、商贸交流。而第三件国宝则是精美的北魏漆棺画，它生动地再现了当时西北地区人民的生活与习俗，线条流畅、刻画逼真，具有很高的考古及艺术价值…… 这就是说，固原曾经的辉煌，都已静静地躺在了固原博物馆里，承担着见证历史的责任，日复一日、年复一年地向前来参观的人们述说着一个个曾经生动过的故事、一串串曾经辉煌的传说。

　　这时，我们才明白，这座古城的辉煌是被生态毁灭的，过度的资源掠夺，过度的资源破

◆ 鎏金银壶

坏，过度的资源损毁……我们不能用一句话，一个观点来指责、贬责或嘲弄、嘲讽古时一个朝代的毁灭，一个城市的变迁，一段文明的重生，更应当思考它的原因。看来，固原人深深懂得，对历史的最好的纪念，就是让现在比历史做得更好。从固原到处郁郁葱葱的景象可以看出，固原人更注重生态恢复而不是盲目复制古时的城郭。据说，固原的生态已恢复到了历史最好时期。这些年，我们的城市里的确兴起一股复古潮。其实，复制几条古时街道、商铺等，对于一个地方城市来说并不困难，问题是你想从这些复制的古代建筑上获取什么样的政治、经济或社会效益？建筑可以复制，但历史不能复制，尤其是蕴藏在建筑中的文明不能复制。固原没有随波逐流地去复制古时的建筑物，但谁也不能否定它的历史地位，谁也不能抹去它古老的辉煌，同时，谁也不能不相信，未来的固原会更辉煌……

◆ 今日固原生态正在恢复

宁夏西长城

登上北岔口长城，我一开始的确有些冲动。它是随着贺兰山山势走向而修筑，与贺兰山浑然一体，在苍茫、辽阔的天空下，显得高大巍峨、雄伟壮观、气势非凡。然而，当冲动过后，心情平静下来，面对这段盘旋于高山峻岭之上，起伏于深山峡谷之中，有着"宁夏的八达岭"之称的城墙，不，更准确地说是一段无言的历史，我不能不生出几分感慨。

宁夏境内的明长城有西长城、北长城、东长城之分，这是依据其地理位置而由后人命名的。青铜峡明代长城就属西长城。这一段长城，从今日甘肃靖远蜿蜒进入宁夏中卫市，到达青铜峡一带的贺兰山三关口，全长400余公里。其中，青铜峡境内的明长城建于明代嘉靖十年（公元1531年），约40.6公里。由于年代已久，风雨、沙尘侵蚀，大部分只剩下残墙断壁，只有北岔口这一段保存较好。这取决于它的地理位置。古时的帝王修长城，目的是防御，也就是增加险要，在漫长的城墙之中，险要之处更是重中之重。北岔口地形复杂，山势险峻，是名副其实的要塞，在这一段长城中的地位举足轻重。因而，它的构筑方式十分复杂，底层铺筑有厚 15 厘米的砂石板，其中石砌墙基 1.5 米，宽 8 米。让人们感到震撼的是城墙的墙身，它不像北京八达岭长城那样外壳用整齐的巨型条石筑成、城墙顶部铺着平整的方砖，而是用黄土夯筑，再白灰抹缝。一个用黄土夯筑的城墙，何以几百年来任凭狂风暴雨和沙尘暴一次次侵蚀，依然昂然挺立？何况史料记载，在这段漫长的历史岁月中，宁夏地区还发生过毁灭性的大地震，不少古老的建筑壮烈捐躯。这恐怕不是单纯的建筑技术能够解释清楚的。我想，它一定凝聚着那个时代建筑学家和建筑城墙的劳动者的智慧，同时，也体现了它们的责任心和责任感。果然，我的这一想法很快就得到了验证。在城墙的沿途，每个水沟处都建有一个涵洞，用于排泄山洪。别小看这一个个小小的涵洞，它的作用可是非常巨大。没有它们，我们也许看不到这段古长城，更不用说在城墙上漫步了。

由此，我心中不禁生出些许感慨。我们已经步入了现代化时代，建筑技术、建筑水平比起古代显然进步了很多很多，建筑工具就更不能同日而语。然而，一些城市里，每到雨季，经常出现市政工程的下水道堵塞，街道积水，汽车抛锚，自行车倒骑人的情况，就连一些现代化大都市，也往往经不起一阵暴雨突如其来的袭击……与北岔口这段长城的建筑比起来，我们是不是应当扪心自问：问题究竟出自哪里？

在北岔口长城处，我们还看到了出土的一个圆形大石臼，高32厘米，直径36厘米，中间有一直径为10厘米的圆孔。据宁夏朋友介绍，这个大石臼就是嘉庆十年修筑长城时，劳工们使用过的工具。据说，这是宁夏迄今发现修筑长城遗留下来的唯一一具石臼，是明代修筑长城的见证物之一。毕竟年代相当久远了，大石臼表面风化严重。然而，正因为风化，使它更具有一种历史的厚重感和沧桑感。它的每一个细微的缺口，都呈现出一种特殊的美丽。现在，我们虽然早已告别了这种原始而又古老的建筑工具，但是，它留给我们的精神力量却永远不能告别。

漫步在北岔口古长城上，可以清晰地看到长城沿线墙上，地形比较高的地方的一座座烽火台。它和所有长城上的烽火台一样，用于观察敌情和随时发信号。这些烽火墩除山上是用石砌的外，山下都是用黄土夯筑。忽然之间，我觉得眼前这一座座烽火台都活了起来，如同那些精忠报国的英雄一样具有鲜活的灵魂。虽然历经狂风暴雨的冲刷、烽火硝烟的洗礼，仍然不屈不挠，巍然屹立。

离开宁夏西长城时，我不由得从内心深处感谢那些考古工作者和青铜峡的人民。他们不但为我们挖掘和保留了一件历史文物，而且为我们挖掘和保留了一笔宝贵的精神财富。

秋天到吴忠去看鸟

　　我没有想到，在秋天的宁夏吴忠市哈巴湖，竟然闯进了鸟的世界。

　　去哈巴湖的路上，我还心存疑虑，秋天风大，沙尘漫天飞扬，常常是几步之内很难辨认一切，哈巴湖又处在黄土高原至内蒙古草原过渡地带，能看到什么风景呢？然而，就像在宁夏很多地方出其不意地遇到惊喜一样，哈巴湖也给了我一个意想不到的惊喜。

　　实事求是地说，首先要感谢鸟儿，因为是一群鸟儿把我们带进哈巴湖的。当汽车离开吴忠市区，进入盐池县境内不久，我们头顶上方飞来一群说不上名字的鸟。一开始，车上的人们只顾聊天，并没有注意它们。不知是谁先指着窗外的天空，惊喜地叫了一声："看，哈巴湖派鸟儿仪仗队来欢迎我

们了！"他说，他已经注意了很长时间，发现这群鸟儿一直
在我们的车子前后跟踪。听了他的话，大伙纷纷向车窗外望
去，有的干脆打开车窗，把头伸出去看。这群鸟的阵容不是
十分强大，大约有上百只，但是它们的队列非常整齐。这群
鸟儿很有灵性。看出了我们在欣赏它们，于是在空中表演起
来，忽儿飞成一道漂亮的弧线，忽儿飞成一道刚毅的棱角，
仿佛经过专门训练。宁夏朋友告诉我们，跟着这群鸟，就可
以到达哈巴湖。这不能不说是一种特殊的景观。同时，也让
我们一行感到惊喜。

当哈巴湖出现在我们面前时，又让我们惊喜了一阵。
万万想不到，在塞上还有这样一片美丽而神奇的湖。正值太
阳刚刚升起，湖面上一片金碧辉煌，如同铺上了金黄色的绸
缎。一缕缕尚未散尽的乳白色的晨雾，在湖面和天空之中久
久地盘旋，好像眼下时髦的美少女组合在金黄色绸缎上翩翩
起舞。整个哈巴湖，像一位风姿绰约的少女，魅力四射，光
彩照人。

据宁夏朋友介绍，这座位于吴忠市盐池县境内的哈巴湖
旅游区总面积16万公顷，湖面300余亩，而且还有大小不等
的湿地、水塘星罗棋布地散落在区内。自然保护区的植被经
过天然生长，人工造林和封山育林，植被覆盖率达到80%以上，
且植物种类繁多，拥有已知各类植物507种。各种陆生动物

也在区内繁衍生息，已达 149 种。数以万计的鸟类也纷纷来这里旅居。目前，这里有国家级保护的鸟类 4 种，其他各种鸟类 100 多种。我们沿湖绕行一圈，被旅游区内独树一帜的自然景观感动。在它的南部，是一片宽广的大漠，沙丘连绵起伏；北部则是一片绿色的海洋，林涛阵阵。哈巴湖镶嵌其中，更显得风华绝代。整个旅游区内，沙、水、草、树、鸟等风景要素巧妙结合，形成了独特的沙漠景观。

然而，最让我们不停地欢呼雀跃，不时心潮起伏的还是各种各样的鸟儿。你留意观察，那些或在湖边草地，或在滩地沼泽中小憩的鸟儿，有的不时地引颈瞭望，但丝毫没有恐惧之感，而那些卿卿我我、缠缠绵绵的鸟儿，更是一副旁若无人的神态。宁夏朋友告诉我们，那些缠缠绵绵的鸟儿有的是在欢度"蜜月"，准备在哈巴湖生儿育女，而那些引颈瞭望的鸟儿，有的则是在为它们站岗放哨。看来，它们真的把这里当作了天堂。

伫立于湖畔，看那些鸟儿精彩的飞翔表演，听着鸟鸣声汇成的交响乐在空中回荡，的确是一种无与伦比的享受。它们有的成群结队地飞翔于湖水之上，白的如身披洁白的婚纱，花的似穿着五彩的服装、黑的像京剧舞台上的青衣，还有红嘴的、绿冠的…… 形形色色，五彩纷呈，在湖上上演着一场多鸟族的大联欢。这时，你不能不想到，鸟类的胸怀往往比人类的胸怀还要宽阔。它们生活在同一片地方，尽管也存在着人类同样的资源问题，也面临着竞争，然而，它们之间没有嫉妒，没有怨恨，没有报复，没有斗争，更不用说那种灭绝其他族类的残酷战争……相反，它们是那么的友好，那么的亲密。据说，为了猎获食物，鸟儿们之间还互相帮助，你谦我让。仔细聆听，就连回荡在空中的百鸟叫声，也是整齐、合拍的交响乐。这种交响乐给人的遐思，给人的感受是那么美妙，又是那么深远。

朋友，秋天到吴忠去看鸟吧！在鸟的天堂，我肯定你不仅会饱餐鸟的交响乐，还会得到心灵的启迪。

◆ 美丽的哈巴湖

宁夏购宝

　　小时候，书本上介绍的和老师讲的中国都与"幅员辽阔"、"地大物博"分不开，即使说到"人口众多"也是带着骄傲。这些年出来一些不同观点的人，认为中国地既不大，物也不博，只有"人口众多"比较符合实际国情。但是，不管怎样，物产丰富还是应当肯定的。而且，由于气候、环境、水土等不同的原因，每个地方都有其特色产品。人们常说一方水土养一方人，我觉得，说一方水土养一方产品更贴切。

　　宁夏的特产生长在西北的黄土地上，饮着西北的黄河水，沐着刚劲的西北风，晒着火辣辣的高原上的太阳，每一枝一叶上每一点一滴中都带着大西北那倔强的劲头，刻着西北的特色与烙印。许多特产与当地人的生存意识紧密相连，其中最为突出的是人们常说的"宁夏五宝"，或是用来提高身体素质，或是用来提高生命质量。即使是"宁夏五宝"，也有几个不同的版本，其中一个便是：红宝——枸杞，黄宝——甘草，黑宝——发菜，白宝——滩羊皮，兰宝——贺兰石。离开宁夏之前，同行的朋友提出了各自的购宝计划。我一时犹豫不决。

宁夏朋友推荐我购被称为"红宝"的宁夏的枸杞。相比其他"四宝"，枸杞应该说久负盛名，更具特色。它是闻名中外的名贵滋补药材。我国传统的医学理论认为：枸杞果实（枸杞子）、根皮（地骨皮）皆可入药。枸杞子性平、味甘，有补肾 益精、养肝明目的功能，可治疗目眩昏暗、肾虚腰痛等症。地骨皮有清虚热、凉血的作用，主治虚劳发热、盗汗、咯血等病症。现代营养学家则给予它更高的评价，认为枸杞不仅具有很高的药用价值，营养成分也十分丰富，含有铁、磷、钙以及糖、脂肪、蛋白质、氨基酸、多糖色素、维生素、甾醇、甙类等多种物质，有润肺清肝、滋肾、益气、生精、助阳、祛风、明目、强筋骨的功能。特别是对人体医疗保健作用的多糖含量和有益于人体智力开发的有机锗含量较高。据考评，我国有着悠久的枸杞栽培历史，春秋时代编成的《诗经》中就已有上山采枸杞的记载。唐代文学家刘禹锡曾赞美枸杞"上品功能甘露味,还知一勺可延龄"。宋朝著名诗人苏东坡在《小圃枸杞》一诗中也称枸杞"根基与花实，收拾无弃物"。宁

夏栽培枸杞的历史迄今已有四五百年。由于昼夜温差大，光
照充足，再加上土质符合枸杞的特性，自然条件十分适宜枸
杞的生长，所以宁夏出产的枸杞粒大饱满、皮薄肉厚、籽少、
色泽鲜艳，含糖量高，品质优良，是宁夏的传统名牌出口商品，
在国内外享有盛名，在历史上还曾经是皇室的贡品。据说现
已占到全国同类产品 60% 以上。

　　在宁夏的土地上，到处可以看到枸杞。它是一种落叶小
灌木，茎并不粗壮，而是细细的一枝枝缠绕丛生，上面还带
着短刺；叶子也不大，大小只相当于人的指甲，呈卵状披针形。
它开出的是那种淡紫色的小花，星星点点遍布枝叶之间。收

◆ 丰收的枸杞园

获的季节，在茂盛的翠绿色的叶子当中，就会到处都是鲜红色的卵圆形枸杞浆果，一颗颗、一粒粒好似鲜红透亮的玛瑙坠，一派"红肥绿瘦"的景象。枸杞子除了入药之外，还可以用鲜果酿酒、熬膏或制作各种糕点，也可以用干果泡酒、泡茶，或者在做药膳的时候加一些，不但调味、添彩，而且有利于健康。宁夏人经过深加工的枸杞还被制成了枸杞水晶糖、鲜枸杞罐头等产品，深受消费者的欢迎，也为这里种植枸杞的农民带来了可观的收益。1993 年经中国军事医学科学院临床验证，宁夏枸杞还是人体免疫功能的增强剂，应用十分广泛。

在全国很多地方都有种植枸杞的，市场上也不少见，但宁夏的枸杞肯定不同寻常。这样，我购了几包枸杞。回到北京之后的一天，我在茶中放了几粒枸杞，过了一会儿，打开茶杯，看见里边那几粒红色的卵圆形果实煞是精彩。喝下去后，无论是口感还是味觉，的确与往日不同，就连精神也爽朗多了。从此，竟然生了一个毛病，只要不见茶里有那种圆形的红色的枸杞子，就觉得索然无味。

激昂的草原之夜

那的确是一个永远留在我记忆中的夜晚。

结束了宁夏的调研任务，离开之前，热情的宁夏朋友安排我们一行专程到了银川市郊的蒙古度假区休息。他说十天马不停蹄的调研奔波之后，大伙都太劳累了，找个地方放松一下。

这是一个建在宽阔的大草原上的度假村。度假村有一个跑马场，是按照草原的特点建起来的，大约有几千米长的跑道，中间是一方草原。不知为什么，到了这里，我们无不跃跃欲试，没有一人感到恐惧。我选了一红马。这是我平生第一次骑马，但是不仅不害怕，而且有一种征服的欲望。随着一声哨响，红马箭一般冲向跑道。人在马背上不停地颠簸，风在耳边呼啸而过，看着远方一望无际的草原，草原尽头天边的一抹橘红色的晚霞，心里充满了兴奋。一圈，两圈，马越跑越快，我的心也随之飞翔起来，情不自禁地想放声高唱。这时，我理解了为什么草原上的人们都有一副好嗓子。

夜晚来临了。夜色悄无声息地开始进入草原，就像舞台上的幕布一样缓缓地、有节奏地移动。开始，远处的贺兰山模糊起来，接下来，人会感到夜色的影子在晃动。一轮弯弯的月亮挂在白云中间，让整个草原变得更加辽阔，更加深远，更加富有诗意，同时，也更加野性。

在蒙古族度假村，不管遇到的是服务员、教练员还是其他工作人员，他们都是轻轻地把右手放于胸前，微微躬一躬身子，热情地问候一声："塔赛百努！"（您好的意思。）不用太长时间，你就不由自主地学会了这句话。

我们在长长的桌子前刚刚坐下，服务员就送上来一碗碗飘着热气和香气的奶茶。

这些年来，酒文化研究方兴未艾。但是，真正像蒙古族的酒文化"以酒寄情，以歌会友"那么简单明白，通俗易懂，恐怕还需时日。据朋友介绍，千百年来，蒙古族认为酒是粮食的精华，而粮食是人生命的最重要要素，因而，给客人敬酒是表达敬重之情的最好方式和最佳物品。听了朋友的介绍，我自然想起汉族中流传的一句很古老的话："酒是粮食精。"在这句话里，"精"字不单纯是指"精华"、"精品"，而是富有更深刻的内涵。正如汉族人称聪明的人"猴精"一样。突然之间，我对面前的酒产生了神圣的敬意。

酒宴在一阵欢快的歌舞声中开始。朋友介绍说，蒙古族喜欢把美酒和歌声融合在一起。他打了个比喻说："蒙古族把美酒和歌声看作是蓝天和白云。"因而，酒兴越浓，歌声也就越亮。尤其是在向客人敬酒时，必然伴着歌声。

果然，敬酒开始时，所有在场的蒙古人都一同放声歌唱。那种氛围，让你不能不抛开所有的思想，置身其中。

蒙古族敬酒的礼仪热烈而庄重。他们将酒斟在银碗或盅子里，用洁白而圣洁的哈达托举着，恭敬地给客人连敬三杯。这三杯酒，表达着三种意思。第一杯酒是感谢上苍恩赐人间光明；第二杯酒是感谢大地赋予人们福禄；第三杯酒是祝福朋友吉祥平安。宁夏的朋友了解蒙古族的酒礼，他给我们做了示范，接过酒杯后，先是以右手中指，从酒杯中蘸出酒，然后"三弹"。第一弹是向天，以表敬天；第二弹是向地，以表敬地；第三弹是向空，以表敬神灵。"三弹"过后，才一饮而尽。在敬酒的时候，那些蒙古族小伙和姑娘围在客人身边，不停地唱歌，直到客人把酒喝尽。他们人人都有一副天生的好嗓子，而且表情、声情都很感动人，让你觉得酒杯中的酒不喝不行。

那些蒙古族青年，不管男的女的，给人的印象是强壮，仿佛都是钢铁铸成的筋骨。尤其是穿着蒙古族服装，佩戴着蒙古族饰物的小伙子，真正是铁塔一般高大魁伟。蒙古族小伙子和姑娘能歌善舞，而且舞得天摇地动。我理解这个民族为什么强悍，因为他们心中不存留痛苦，不压抑，所以健康。他们的热情豪放，他们的豁达开放，他们的激情高涨，让置身这种环境的人不能不激动，不能不兴奋，甚至不能不张狂。那晚，我第一次体会到了什么叫酩酊大醉。

由此想到，我们这些公务员平时压抑得太厉害。宣泄是一种排泄方式，一种解脱方式，一种平衡的方式。实际上公务员平时工作很劳累很沉重，心里压抑了很多事，但又找不到发泄的机会。宣泄的方式也很多，写作是一种宣泄，唱歌是一种宣泄。人不能没有宣泄。

很多公务员在人过中年之后，工作压力、家庭压力、社会压力越来越大。这些压力逐渐聚集在心灵深处，得不到宣泄。长此以往，各种疾病缠到身上。有的在单位受了委屈，有意见又不敢提。哪个单位负责人愿意接受意见？这样，只能回到家向家人发泄，弄得家庭不和。我们提倡以人为本，首先是尊重人的生存权。我在德国考察时，曾去过北威州财政部。他们在办公区里设有咖啡厅。机关人员休息时可以到这里喝喝咖啡，简单做个交流，释放一下紧张的心情。这可以称之为工作驿站。它也是人性回归的体现。

返回银川时，已近深夜。司机师傅是个有心人。他把车停在路边，让我们打开车窗，闭上眼睛，听一听草原。我们照着他说的做了。那是真正的寂静。让人有一种回归自然的感觉。不知是谁先说了一声，你们听，是什么声音？有的说是流水的声音，有的说是狼叫。那种声音也是一种野性的声音。

接下来，我们一路上不停地唱。这时，我才体会到回归自我的感觉。

那一晚，我觉得轻松了许多。

那一晚也是我睡得最好的一次。其实，那个激动的草原之夜，是我人性上的一次增补。